Um ANARQUISTA no sótão

Ivan Jaf

Ilustrações
Guazzelli

Um ANARQUISTA no sótão

Coleção Jabuti Vida

1ª edição
2ª tiragem
2013

Conforme a nova ortografia

Editora Saraiva

Editora Saraiva

Rua Henrique Schaumann, 270
CEP 05413-909 – Pinheiros – São Paulo-SP
Tel.: PABX (0**11) 3613-3000
Fax: (0**11) 3611-3308
Televendas: (0**11) 3613-3344
Fax Vendas: (0**11) 3611-3268
Atendimento ao Professor: 0800-0117875
Endereço Internet: www.editorasaraiva.com.br
E-mail: atendprof.didatico@editorasaraiva.com.br

Revendedores Autorizados

Aracaju: (0**79) 3211-8266/6981
Bauru: (0**14) 3234-5643
Belém: (0**91) 3222-9034/3224-9038
Belo Horizonte: (0**31) 3429-8300
Brasília: (0**61) 3344-2920/2951
Campinas: (0**19) 3243-8004/8259
Campo Grande: (0**67) 3382-3682
Cuiabá: (0**65) 3632-8898/8897
Curitiba: (0**41) 3332-4894
Florianópolis: (0**48) 3244-2748/3248-6796
Fortaleza: (0**85) 3307-2350
Goiânia: (0**62) 3225-2882/3212-2806
Imperatriz: (0**99) 3072-0409
João Pessoa: (0**83) 3241-7085
Londrina: (0**43) 3322-1777
Macapá: (0**96) 3223-0706
Maceió: (0**82) 3221-0825
Manaus: (0**92) 3633-4227
Natal: (0**84) 3211-0790
Porto Alegre: (0**51) 3371-4001/1467/1567
Porto Velho: (0**69) 3211-5252/5254
Recife: (0**81) 3421-4246
Ribeirão Preto: (0**16) 3610-5843
Rio Branco: (0**68) 3223-8945
Rio de Janeiro: (0**21) 2577-9494
Salvador: (0**71) 3381-5854/5895
Santarém: (0**93) 3523-6016
São José do Rio Preto: (0**17) 3227-3819/0982
São José dos Campos: (0**12) 3921-0732
São Luís: (0**98) 3243-0353
São Paulo: (0**11) 3616-3666
Serra: (0**27) 3204-7474

Gerente editorial: ROGÉRIO CARLOS GASTALDO DE OLIVEIRA
Editora-assistente e preparação de texto: ANDREIA PEREIRA
Auxiliares de serviços editoriais: RUTE DE BRITO e MARI TATIANA KUMAGAI
Coordenação da produção editorial: TODOTIPO EDITORIAL
Suplemento de atividades: CARMEN LUCIA CAMPOS
Revisão: PEDRO CUNHA JR. e LILIAN SEMENICHIN (Coords.) / ALINE ARAÚJO
Produtor gráfico: ROGÉRIO STRELCIUC
Gerência de arte: NAIR DE MEDEIROS BARBOSA
Projeto gráfico e capa: ALICIA SEI / TODOTIPO EDITORIAL

Dados Internacionais de Catalogação na Publicação (CIP)
(Câmara Brasileira do Livro, SP, Brasil)

Jaf, Ivan
Um anarquista no sótão / Ivan Jaf ; ilustrações de Guazzelli. — 1. ed. — São Paulo : Saraiva, 2010. (Coleção Jabuti).

ISBN 978-85-02-09578-6
ISBN 978-85-02-09579-3 (professor)

1. Ficção — Literatura infantojuvenil I. Guazzelli II. Título. III. Série.

10-07948 CDD-028.5

Índices para catálogo sistemático:
1. Ficção : Literatura infantojuvenil 028.5
2. Ficção : Literatura juvenil 028.5

Impressão e Acabamento: Gráfica Ave Maria

Vivemos numa história, a nossa, e também na história de algumas pessoas que nos são próximas. E também vivemos em outras histórias, que partilhamos com nossos vizinhos, com nosso povo, às vezes com toda a Terra.

JEAN-CLAUDE CARRIÈRE

Sumário

1

A mariposa e a luz

Tadeu viu pela primeira vez o velho anarquista sem perna no dia em que seu avô Joaquim morreu do coração.

Ele tinha nove anos. A mãe apertava sua mão com força e olhava para o vazio.

Ali estavam também seu pai, o tio, a irmã mais velha, a prima e a avó chamada Teresa. Todos na grande varanda do casarão, que os avós haviam transformado em pensão, no bairro de Botafogo, no Rio de Janeiro.

O ano era 1966.

Muitas pessoas cercavam a família. O avô era adorado pelos inquilinos. Era ele quem convencia Teresa a perdoar as dívidas de aluguel; a ter paciência com os que custavam a pagar; a ser tolerante com as bebedeiras, com os jogos, com os casos de amor proibido, com as brigas de casal; e, para desespero da avó, ainda emprestava dinheiro e abrigava os necessitados.

Teresa era a parte prática e realista do casal, a que poupava, a que pensava no futuro, a que mantinha funcionando aquele pequeno universo de quartinhos e inquilinos.

Tadeu levaria para sempre a imagem daquela morte. A manhã nublada, o grupo de pessoas caladas, de pé, em torno de uma velha. A velha sentada, com as duas mãos entre as pernas, a cabeça coberta com um xale preto. Manhã de céu sujo como uma sola de tênis, em que o tempo havia parado e todos, esquecidos dos compromissos, aturdidos, de cabeça baixa e olhos vermelhos, não sabiam o que fazer diante do absurdo que era nunca mais voltar a encontrar uma pessoa tão querida. O xale preto parecia um casulo aprisionando sua avó, como uma lagarta triste, pequenininha, como nunca a tinha visto.

— Alguém avisou o Donato? — O tio de Tadeu lembrou.

Donato era o velho português sem a perna esquerda, que morava havia muitos anos num quartinho apertado, no sótão do casarão. O avô o deixara morar de graça desde que chegara ao Brasil, fugido da Guerra Civil Espanhola.

— O Joaquim e ele eram muito amigos — uma velhinha de cabelos amarelos comentou.

— É melhor contar pro Donato com cuidado — disse o pai de Tadeu. — Ele vai levar um grande choque. Pode passar mal.

Tadeu sentiu a mãe apertar ainda mais sua mão.

— Eu vou — ela disse.

E começou a subir a grande escada de madeira que levava aos andares superiores, talvez sem consciência de estar arrastando o filho pela mão.

Havia dois quartos no sótão, minúsculos, pequenos cantos sob o telhado, adaptados para servir de depósito para objetos imprestáveis que o avô não conseguia jogar fora. Um deles havia sido esvaziado, e lá o avô colocara uma cama de solteiro, um pequeno armário e uma poltrona velha, para abrigar um "combatente anarquista", como gostava de se referir a Donato. Sempre que podia, subia até o quarto do amigo, no final da tarde, para tomar uma caneca de vinho e comer tremoços, iscas de fígado ou lascas de bacalhau.

Para Tadeu, Donato só existia em sua imaginação, como um personagem de livro. O velho raramente saía do quarto, e ninguém deixava o garoto subir ao último andar porque havia tábuas soltas e podres no piso, acessos abertos ao telhado e restos de máquinas empoeiradas, tentações irresistíveis e perigosas para um moleque de nove anos.

Mas agora sua mãe estava batendo à porta de Donato.

O quarto devia ter uns quatro metros quadrados. No lado direito, uma cama de madeira estreita, com uma velha mala aparecendo embaixo, ao lado de um penico branco. No esquerdo, um armário escuro, sem porta, e uma estante cheia de livros. Ao fundo, um pequeno basculante.

O piso de madeira estava rachado e sem calafetar, e pelas frestas via-se a luz da lâmpada acesa do quarto de baixo.

Encostada na parede do fundo, bem embaixo do basculante, havia uma poltrona de couro muito gasta.

Donato estava sentado nela.

Para Tadeu, era como se afinal tivesse chegado à página do livro onde havia uma ilustração.

O quarto cheirava a naftalina, mofo, roupa úmida, loção após barba e fumo de cachimbo.

A luz da manhã atravessava o basculante e incidia sobre o velho, dourando seus cabelos lisos, ralos e brancos, que chegavam até os ombros. O rosto era magro, com os olhos cobertos por óculos quadrados, de lentes muito grossas e hastes presas à armação com esparadrapo. Um bigode grosso escondia os lábios finos e a dentadura amarelada.

Donato vestia um pijama verde-claro. Os braços dele descansavam sobre os da poltrona, e seu corpo magro parecia estar incrustado nela, como um mexilhão dentro da concha. Havia um livro aberto sobre sua coxa esquerda. Logo depois do livro a perna acabava, e o pijama ficava vazio, dando a Tadeu a impressão de que o velho estava esvaziando.

— Senhor Donato — a mãe falou. — Vim aqui avisar que... meu pai morreu, do coração e...

Largou a mão do filho, sentou na cama do velho e desabou num choro compulsivo.

Tadeu ficou de pé, solto, diante de Donato, sem saber o que fazer.

Lembrou de o pai ter dito que o velho podia passar mal. Mas quem estava tendo um ataque era a mãe. Ela não parava de chorar, o corpo sacudia com os soluços, nunca a tinha visto daquele jeito.

A reação do velho foi estranha. Ele fechou o livro, ficou olhando para o garoto e começou a contar uma história:

Um grupo de mariposas, pousadas sobre um galho de árvore, admirava uma vela que estava sobre a mesa da cozinha de uma casa. Elas queriam entender o que era uma vela.

Uma delas foi até a janela da casa, olhou bem e voltou para contar. Descreveu a vela perfeitamente.

— Uma descrição nada adianta para nós — disse a mariposa mais sábia, que presidia a reunião.

Uma segunda mariposa então entrou na casa, deu uma volta em torno da vela e voltou com as asas um pouco queimadas. Contou às outras o que havia sentido.

— Sua explicação foi um pouco mais precisa, mas também não é definitiva — disse a mariposa sábia.

Então, uma terceira mariposa entrou na casa e foi direto para a chama da vela, consumindo-se no fogo.

A mariposa sábia, que a tudo assistia, falou:

— Essa aí entendeu perfeitamente o que é uma vela. Mas nós nunca vamos saber.

Enquanto Donato contava a história, a mãe de Tadeu foi parando de chorar, levantando a cabeça, prestando atenção ao que o velho dizia e, no final, sorriu.

Tadeu assistiu à mudança de sua mãe sem entender nada. Havia escutado muitos "meus pêsames", "chegou a hora dele", "está com Deus" e coisas assim. Era bem esquisito falar de mariposas numa hora daquelas. Mas sua mãe parecia mais forte, menos abalada. Ela levantou, segurou com as duas mãos a mão magra que Donato estendeu para ela e agradeceu:

— É sim. É isso mesmo. A luz. Nunca vamos saber. Obrigado.

O velho não disse mais nada. Tadeu viu que, por trás das lentes grossas, seus olhos brilhavam de umidade.

A mãe tornou a arrastar o filho pelo braço. Antes de sair do quarto, ela parou na porta e disse:

— Ele gostava muito do senhor.

2

Os dois burros

Tadeu assistiu ao avô ser fechado dentro de uma caixa de madeira, depois ser enfiado num buraco, e viu o buraco ser tapado com uma laje e a tristeza no rosto de todos.

No dia seguinte, sentado com a mãe e o tio na escada de pedra da pensão, ouviu a mãe repetir a história das mariposas, e os dois irmãos se abraçaram, chorando.

Viu sua avó pela primeira vez de cama, sem querer comer nem levantar. Teresa nunca havia parado. Acordava quando o Sol nascia e trabalhava até noite alta.

Tadeu, no começo, achou que todos estavam exagerando. Mas, poucos dias depois, sentado sobre a caixa-d'água que havia no terreno dos fundos da pensão, sozinho, entendeu que o avô nunca mais ia voltar. Só então a tristeza o alcançou de verdade.

Sentiu um vazio muito grande, como se as coisas em volta dele estivessem se desfazendo. O mundo ia sumir, como seu avô. Nuvens carregadas anunciavam chuva. Teve muito medo e chorou.

Aí lembrou das mariposas.

Não havia ninguém o vigiando. A avó estava de cama. O tio, no porão, trabalhava em sua fábrica de tamancos. A mãe conversava com alguns inquilinos sobre aluguéis atrasados.

Subiu os degraus de madeira, bateu à porta e entrou.

O velho estava no mesmo lugar. Sentado na poltrona, de pijama, um livro sobre a coxa. Agora a luz que caía sobre ele era a de uma lâmpada pendente do teto.

— Posso perguntar uma coisa pro senhor?

— É o neto do Joaquim... claro que pode! Senta aí. Mas me chama de você. Não sou senhor de ninguém.

Tadeu sentou na beira da cama, o coração aos pulos.

— O que você fez com a minha mãe?

— O que eu fiz com ela, como?

— Fez ela parar de chorar falando de mariposas.

— Ah, aquilo? Foi uma fábula. Ela entendeu logo.

— O que é uma fábula?

— É uma historinha, pequena. Algumas vêm sendo contadas desde que o mundo existe. Meu pai sabia muitas delas, na aldeia em que a gente morava, lá no norte de Portugal. No inverno, ao redor da fogueira, assando batatas, ele contava e a gente ficava ouvindo.

— Mas por que uma fábula fez minha mãe parar de chorar?

— A fábula é como um remédio. Um comprimido. Só que pra alma, e não pro corpo.

— Não entendi.

— Quando a gente dá uma topada, fica com dor no dedão. Quando morre o avô, fica com dor na alma.

— Eu tô com dor na alma.

— Eu também. Joaquim era o meu melhor amigo.

— Minha mãe melhorou com a fábula.

— As dores da alma são tão antigas quanto as dores do corpo. Desde que a humanidade existe, os netos perdem os avôs e os homens perdem seus melhores amigos. Então nós transformamos essas dores em pequenas histórias, e nessas histórias ensinamos uns aos outros como tratar essas dores de alma da melhor maneira possível.

— Como é que pode?

— Quando se ouve uma história sobre alguém que passou pelo que a gente está passando, isso dá um grande alívio. Vemos o problema de longe. É como ir ao teatro. Deixamos de nos sentir tão sozinhos. A tristeza nos deixa muito sozinhos.

— Eu tô me sentindo assim.

— As fábulas levam a gente a dividir nossos problemas com toda a humanidade. E isso faz um bem danado. Escuta esta:

> *Dois burros puxavam cada um a sua carroça, cheias de abóboras para vender na feira. Um deles estava velho e doente e pediu para o outro levar uma parte de sua carga.*
>
> *— De jeito nenhum — disse o mais novo. — A minha já está muito pesada.*
>
> *O burro doente acabou morrendo no meio do caminho. O dono então passou todas as abóboras para a carroça do outro.*

— Viu? Dividir o peso faz bem a todo mundo.

— Mas eu não sou mariposa. Nem burro — Tadeu reclamou.

— Nem eu. Mas as fábulas também funcionam se, em vez de pessoas, os personagens forem animais. Animais falantes.

— Acho que fábula não dá certo comigo. Hoje fiquei muito triste, aí me lembrei da história das mariposas, mas não adiantou nada.

— É porque você não entendeu os símbolos.

— O que é símbolo?

— Símbolo é uma coisa que, no fundo, quer dizer outra coisa. As fábulas usam símbolos. As mariposas não são mariposas, nem os burros são burros.

— São o quê, então?

— Lembra da história? As mariposas, pousadas no galho da árvore, olhando a vela acesa dentro da casa, representam a gente, nós, os vivos, eu, você, sua mãe, seu pai, todos os inquilinos dessa pensão, todas as pessoas do mundo.

— Tá.

— A luz da vela simboliza o mistério que existe depois da morte. Quando uma pessoa que a gente gosta morre, ficamos muito tristes porque a perdemos pra sempre. Pra onde foi o Joaquim, que não pode voltar?

— Tá no cemitério.

— Não. Aquele é só o corpo dele. Pra onde foi o espírito?

— O que é espírito?

Donato olhou para o teto, coçou o bigode e suspirou:

— Boa pergunta. A humanidade vem tentando responder a isso há milênios. Vamos ver se eu consigo explicar... Você tocou no seu avô dentro do caixão?

— Não!

— Devia ter tocado, para entender o que é o espírito.

— Que espírito?

— É essa coisa que vai embora da gente quando a gente morre. Se você tivesse tocado no Joaquim morto ia sentir que ali só havia o corpo, o espírito tinha partido. A gente sabe que existe o espírito quando toca no corpo de um morto que conhecemos bem. Sentimos a diferença entre a vida e a morte na ponta dos dedos. Essa diferença é o espírito. Os religiosos e os filósofos ficam inventando uma porção de teorias pra provar a existência do espírito, mas pra mim é uma questão de tato.

— E o que as mariposas têm a ver com isso?

— Pois é... então, ficamos todos muito aflitos, sem saber pra onde vão os espíritos dos nossos mortos. Queremos entender isso. Somos como as mariposas no galho da árvore, tentando compreender a chama da vela.

— Ah.

— Elas ficam indo até a vela, chegam bem perto, até queimam um pouco as asas, mas nenhuma consegue uma explicação definitiva. Aí uma delas resolve ir direto pra dentro da chama. Essa descobriu o que é a Luz, quer dizer, o mistério depois da morte. Mas, como disse a mariposa sábia, ela não pôde voltar pra contar. Guardou o conhecimento para si. Por isso o mistério continua.

O homem procurou o velho mais sábio da aldeia e perguntou:

— O que é a morte?

— Sei lá.

— Mas o senhor não é um sábio?

— Sou. Mas não estou morto.

— Minha professora disse que o vovô tá no céu. O padre que rezou no velório falou que ele agora tá ao lado de Jesus, no Paraíso. Minha tia jura que conversou com ele sexta-feira, e que ele tá bem e feliz desencarnado e mandou um abraço pra gente.

— As pessoas precisam explicar pra onde vão os espíritos de seus mortos e inventam umas histórias bem malucas. São como aquelas mariposas que só chamuscaram as asas e saem por aí dizendo que entenderam a Luz. Pra mim a vida e a morte são mistérios absolutos. Ninguém volta pra dizer pra onde vai o espírito da gente depois da morte. Foi o que eu disse a sua mãe e ela entendeu. Meu amigo Joaquim voou direto pra chama da vela e agora sabe o que é a Luz.

No final do dia, quando Tadeu desceu os longos degraus de madeira da escada, sentia a alma mais leve. A imagem do avô batendo asas e entrando na chama de uma vela só para saber o que era a Luz era muito mais bonita do que aquele buraco no cemitério.

Era mesmo uma coisa que Joaquim faria. Ele era um sujeito curioso, que gostava de desmontar as coisas para saber como funcionavam. O outro quarto do sótão estava cheio de coisas desmontadas por ele. Seu avô era uma mariposa curiosa e corajosa.

3

O bracelete de ouro

Durante muitas semanas a avó não teve ânimo para sair do apartamento, e a administração da pensão foi deixada a cargo do tio de Tadeu, dono de uma sapataria na mesma rua, a Voluntários da Pátria, e da fábrica de tamancos no porão.

A fábrica ia muito bem. No começo daquele ano, 1966, o tio conseguira um contrato para fornecer tamancos a todos os presídios estaduais.

O porão era escuro e úmido, com cheiro de madeira verde e couro mal curtido. Dois homens, sentados em banquinhos, pregavam as tiras de couro, dois pregos de cada lado, amarravam os tamancos aos pares e os arrumavam em caixas. Faziam isso de manhã até o final da tarde, iluminados por uma única lâmpada, ouvindo o som chiado que saía de um rádio velho.

A mãe de Tadeu ficou encarregada de receber os aluguéis. No final do mês ela passou toda uma tarde de sábado recolhendo os pagamentos. Escutou uma porção de histórias tristes, e acabou não recebendo de vários inquilinos. Com Teresa aquilo não acontecia. Ela cortava logo a choradeira:

— Ou paga ou desocupa o quarto. Quem tem pena é galinha.

Tadeu aproveitou para subir ao sótão. Sentou na beira da cama, acanhado.

Donato estava de bermuda e camiseta. Havia um jornal aberto sobre a cama. A coxa esquerda estava coberta por uma toalha, para esconder o final da perna que faltava.

Tadeu não sabia direito o que estava fazendo ali.

— Você continua triste, não é? — o velho perguntou.

— Continuo.

— Fala o que você sente.

— Quero o meu avô de volta. Tô sentindo falta dele.

Donato cruzou os braços e respirou fundo. Ficou olhando um pouco para a estante de livros, depois sorriu e contou uma história:

O homem, querendo mostrar seus bens mais preciosos, dois braceletes de ouro, colocou-os nas mãos do sábio.

Estavam em uma ponte, sobre um rio caudaloso e de forte correnteza. Um dos braceletes escorregou das mãos do sábio e caiu na água. O discípulo soltou um grito e mergulhou atrás dele.

Horas depois voltou à ponte, exausto e encharcado, sem conseguir encontrá-lo.

— Se pelo menos o senhor pudesse me mostrar onde o bracelete caiu...

— Ele caiu ali — disse o sábio.

E atirou o segundo bracelete no rio.

— Puxa, isso foi sacanagem do sábio — disse Tadeu.

— Seu avô era um bracelete de ouro muito precioso pra você. Agora que o perdeu, não há meio de se conformar. A gente não quer perder as coisas de que gosta.

— Tá. Mas pra que o sábio jogou fora o outro bracelete?

— A vida é um grande rio de águas caudalosas, em que todas as coisas são arrastadas. A gente tem de aceitar que tudo passa, que as pessoas nascem e morrem, que se encontram e desencontram. Nada dura para sempre. Não devemos nos apegar demais a nada. Perder o que se gosta parece tragédia, mas não é, porque a vida não para, e num final de tarde de sábado um novo amigo vai bater à nossa porta de repente.

— Você não ficou triste com a morte do vovô?

— Muito. Mas olha pra mim. Tenho 76 anos. Já perdi meu pai, minha mãe, meus avós, meus irmãos. Perdi mulheres, sobrinhos. Perdi centenas de amigos nas guerras que lutei. Perdi ilusões. Perdi meu grande amigo Joaquim. Perdi até a porcaria da perna. Se depois de tantas perdas não tivesse entendido que a vida é assim mesmo, eu seria uma besta, é ou não é?

Tadeu balançou a cabeça, afirmando, e disse:

— Só sei que continuo muito triste.

— Joaquim vinha me ver nos finais de tarde. Bebíamos vinho e comíamos tremoços. Sinto muita falta dele. Mas não estou desesperado, querendo encontrá-lo de novo. Sabe por quê? Porque a cada tarde que ele batia aí nessa porta, e sentava aí onde você tá sentado, eu celebrava nosso encontro como se fosse o último. Eu e ele estávamos velhos. Cada encontro nosso podia ser mesmo o último. Bom, o último foi o último mesmo.

Os olhos de Donato foram ficando úmidos, e a voz saía meio trêmula:

— O Joaquim gostava de fábulas. Da última vez que esteve aqui, me pediu uma sobre a morte.

— Foi?

— Eu me lembrei de uma, que minha avó contou, depois que foi atacada por um lobo quando estava catando lenha lá na aldeia de Portugal.

— Conta.

— Havia muitos lobos nas montanhas em volta da nossa aldeia e, no inverno, eles ficavam loucos de fome e perdiam a noção do perigo. A gente precisava pegar lenha e ia em grupo, sempre com dois homens armados. Um lobo saiu de um buraco e conseguiu atacar minha avó. Chegou a morder o tornozelo dela, antes de ser morto com um tiro.

Todo mundo se espantou com a calma da velha. De noite, em volta do fogo, perguntamos se não tinha sentido medo de morrer, e ela contou esta história:

Os passageiros de um barco se preparavam para atravessar um rio de correnteza muito forte.

No meio do caminho, o barco realmente quase virou. A água o invadiu, as pessoas tiveram de se agarrar com força para não cair no rio, todos gritavam de terror.

A única que não se abalou foi uma passageira de quase noventa anos. Manteve-se firme em sua cadeira, tranquila.

Quando o perigo passou, um homem, ainda muito aflito, perguntou a ela:

— Como pôde manter a calma? Não percebeu que a morte estava muito próxima de nós?

— Estou acostumada com ela — disse a velha. — Em certos momentos a morte costuma estar ainda mais perto de mim.

— Pois é, a morte está cada vez mais perto de mim também. Aprendi a aceitar isso. Que as coisas passem. Que as pessoas que eu amo desapareçam. É a vida. Um rio caudaloso. Tudo o que existe acabará arrastado pelas águas do mesmo rio. O segundo bracelete terá o mesmo fim do primeiro, mais cedo ou mais tarde. Podemos ficar tristes, mas temos de seguir nosso destino até o fim.

4

O pastor, a ovelha e o lobo

A avó de Tadeu saiu da depressão provocada pela morte do marido com um fervor religioso doentio.

Toda a família se dizia católica, mas ninguém praticava os rituais. Tinham uma Santa Ceia pendurada na parede, comemoravam o Natal, batizavam os filhos, o tio usava um crucifixo de ouro pendurado no pescoço, mas a devoção não passava disso. Raramente iam à igreja.

A mãe e o pai de Tadeu haviam sido comunistas na juventude, mas depois que os filhos nasceram abandonaram qualquer idealismo para tratar, desesperadamente, de ganhar a vida.

A religião do avô era uma boa garrafa de vinho e as risadas com os amigos.

A do tio, atualmente, eram os tamancos.

A tia se dizia espírita, kardecista, e às sextas-feiras reunia algumas senhoras em torno da mesa da sala para falar com parentes mortos.

A avó sempre fora a fiscal do catolicismo na família. A dor pela perda do marido a fez retomar com toda a força a militância católica e acabou sobrando para Tadeu: Teresa exigiu obstinadamente que o neto cumprisse a Primeira Comunhão.

Nenhuma das duas netas tinha feito, e agora já haviam passado da idade. Tadeu ela não ia deixar escapar. Começaram imediatamente os preparativos, porque a coisa precisava ser realizada até os dez anos.

Inscreveram-no no curso preparatório para Primeira Comunhão, da principal igreja do bairro, e para lá ele ia todos os sábados de manhã, ouvir as instruções de um padre sobre a preparação espiritual e os procedimentos práticos do dia do ritual. O mais agradável naquelas manhãs era o chocolate quente que ele ganhava no refeitório da igreja, no qual não parecia ser pecado colocar bastante açúcar.

Durante dois meses, todos os sábados, Tadeu aprendeu sobre o pecado. Xingar a irmã. Fingir que prestava atenção à aula. Olhar a calcinha da vizinha pendurada no varal. Matar aula para jogar baralho atrás da sala de música (dois pecados: matar aula e jogar baralho). Questionar uma ordem da mãe. Comer o queijo todo. Colocar meleca embaixo da mesa. Comprar figurinha com o dinheiro do lanche. Seu coração ia ficando escuro e frio. Encontrar uma revista com fotos de mulheres peladas no escritório do pai só piorou as coisas.

A fé subitamente renovada de Teresa renovou-lhe também a vontade de ganhar dinheiro, e a velha voltou a administrar a pensão com toda a energia. Tadeu tornou a passar mais tempo por lá.

Confessou a Donato que estava muito preocupado com aquele negócio de pecado: era muito difícil não pecar, mas praticamente impossível *não pensar* no pecado.

— E o padre disse que pensar no mal também é pecado, porque Deus sabe tudo que a gente pensa. Assim não tem jeito.

— E se o padre estiver errado? — o velho sorriu. — Eu, por exemplo, sou contra uma porção de coisas que os padres dizem.

— Mas a gente pode ser contra o padre?

— Claro que pode. Cada um pode pensar o que quiser. O pensamento é livre.

— Mas ele tá me ensinando a não pecar pra me defender do diabo.

Donato alisou o bigode:

— Na tua idade eu era um pastor de ovelhas, lá no norte de Portugal. Todos os dias eu saía de madrugada com mais de trinta ovelhas e as levava para pastar. Só voltava à noite. Eu tinha um cajado comprido e um cachorro chamado Trovão.

— Legal.

— Legal nada. Era uma porcaria. Ficar o dia inteiro sem fazer nada, cuidando de umas ovelhas fedidas. Sabe pra que serve um pastor? Pra não deixar as ovelhas serem livres. A gente fica vigiando, pra manter todas sempre juntas.

— Mas eu li que se elas ficarem sozinhas podem ser atacadas pelos lobos.

— Muito antigamente, antes de existirem os pastores, as ovelhas viviam livres, e garanto que então elas sabiam se defender dos lobos muito bem.

— Tá. Mas você protegia elas dos lobos, não protegia? — Tadeu insistiu.

— É... mas de vez em quando meu pai escolhia uma e abria a garganta dela com uma faca. Era pra isso que eu as protegia do lobo mau. Eu tirava a liberdade delas para comê-las ensopadas com batatas!

— Isso é uma fábula?

— Pode ser.

Depois disso, durante as aulas de catecismo preparatórias para a Primeira Comunhão, Tadeu começou a discordar de muitas das coisas que o padre dizia.

Aquela história de um Deus no céu que sabia de tudo e estava em todos os lugares ao mesmo tempo, por exemplo, não o convencia. Se já achava os poderes do Super-Homem exagerados, imagina aquilo. Gostava mais do Batman, um herói humano, cujos poderes resultavam de esforço pessoal.

Conversou sobre isso com Donato, num final de tarde em que sua avó o mandou ao sótão para levar um copo de vinho e um prato de canja "pro velho, que está a arder de febre".

— Hummm... tua avó só me manda uma canja dessas quando estou doente. Assim não vou querer sarar. Você tem razão, Tadeu, esse Deus de que eles estão falando parece um super-herói. Mas existem povos que acreditam em outros deuses.

— É?

— Os gregos, os africanos, os índios aqui do Brasil... pra eles existem vários deuses, o deus das cachoeiras, o deus do amor, o deus das montanhas...

— Cada um com um poder especial? Como a Liga da Justiça?

— Isso. Na verdade, Deus único só existe em três religiões, o judaísmo, o catolicismo e o islamismo. Isso se chama monoteísmo. Quer ouvir uma história?

— Quero!

Um religioso, que pregava a existência de um só Deus no universo, caminhava por uma montanha escarpada, solitário, quando de repente escorregou e despencou em um precipício. Por sorte, conseguiu agarrar um pequeno arbusto. Ficou lá, pendurado sobre o abismo.

No auge de sua aflição, gritou para o céu:

— Deus! Por favor! Me ajude! Me diga o que devo fazer para me salvar!

Ouviu então uma voz muito grave e solene, que saía de entre as nuvens:

— Não tenhais medo! Largai o arbusto!

O homem pensou um pouco e tornou a gritar:

— Tem mais alguém aí?

Tadeu repetiu aquela fábula na mesa, durante o jantar, e na presença da avó. O pai e a mãe riram muito, mas Teresa ficou furiosa:

— A praga daquele perneta inútil! Além de não pagar pelo quarto e só dar despesa, ainda me desencaminha o menino com essas histórias de velho maluco!

***

Por coincidência, na manhã do sábado seguinte o padre falou sobre os judeus e os muçulmanos, explicando como a religião deles estava equivocada e que a certa era a católica. Tadeu não entendeu nada e na segunda-feira subiu para perguntar a Donato.

— Mas as três não dizem que existe um Deus só? Achei que pelo menos era o mesmo Deus. Quer dizer que tem três Deus únicos?

O velho contou um pouco da história das três religiões e os motivos por que viviam brigando até hoje. E explicou com uma fábula:

> *O capitão de um grande navio, levado por uma tempestade, chega a uma ilha isolada do oceano, fora de qualquer rota marítima. Lá, encontra um náufrago solitário, há mais de vinte anos morando na ilha. O homem faz questão de mostrar suas acomodações e como sobreviveu àqueles anos todos.*
>
> *Havia uma casa, um viveiro, uma horta, um pomar e duas igrejas.*
>
> *— Por que duas igrejas? — perguntou o capitão.*
>
> *— Simples. Aquela é a igreja que eu vou. E aquela ali é a que eu não frequento.*

— Acho que quando existem muitos deuses eles brigam entre si, mas com um Deus só quem briga são os fiéis.

— É como time de futebol — Tadeu lembrou. — Cada um tem o seu.

— Se todo mundo torcesse pelo mesmo time não tinha graça nenhuma.

— Eu sou Botafogo.

— Eu sou Vasco.

— O Botafogo tem o Garrincha. Se não fosse o Garrincha, o Brasil não ganhava a copa em 62!

— É, mas quem ganhou o torneio Rio-São Paulo ano passado? O Vasco!

— O Botafogo é muito mais time do que o Vasco!

E por aí afora.

5

O velho, o menino e o burro

— O padre disse que se a gente quiser ser igual a Jesus tem que seguir o que a Igreja manda — Tadeu explicou.

— Você quer ser igual a Jesus?

— Quero. Jesus é uma brasa, mora. Quero usar aquele cabelão! Quero andar em cima da água!

— Posso contar uma fábula?

— Lá vem você...

Um homem muito religioso estava passeando solitariamente em sua canoa, no meio de um grande lago, quando escutou alguém fazendo uma oração em voz alta, do outro lado de uma pequena ilha. As palavras da oração, porém, estavam erradas.

Era uma oração que, se dita da maneira correta, faria a pessoa andar sobre as águas. O homem sabia perfeitamente como dizê-la, vinha repetindo a oração todos os dias, mas nunca conseguira andar em cima da água.

Incomodado, ele deu a volta na ilha com sua canoa e encontrou o outro homem, de pé, na beira da água.

— O senhor está dizendo a oração de forma errada — ensinou. — O certo é usar a sílaba "lar", e não "far".

— Muito obrigado. — O outro agradeceu, com humildade.

O homem muito religioso continuou seu passeio, afastando-se da ilha. Até que ouviu um barulho atrás dele. Virou-se, e lá estava o outro, aproximando-se calmamente, andando sobre as águas, até chegar bem perto do barco e perguntar:

— Desculpe. Como era mesmo a sílaba certa?

— Entendeu?

Tadeu estava sentado na beira da cama, com as pernas balançando e as mãos apoiadas no cobertor velho.

— Não sei. Acho que não. O homem da sua fábula era Jesus?

— Não. Pode ser qualquer um de nós. Os símbolos, lembra? Andar em cima da água significa que o sujeito é leve, tem o coração puro, é tão bom que chega a flutuar. Jesus é a encarnação da bondade, por isso nem afunda na água. O religioso da minha fábula, preocupado com os rituais, rigoroso com as rezas, nunca conseguiu andar sobre as águas. Entendeu agora?

— Quase.

— Para se tornar como Jesus é mais importante ser bom, puro, sábio e ter o pensamento livre, do que ficar preocupado em rezar da maneira certa, sem errar as sílabas, ou repetir tudo o que a religião manda.

— Tá.

— Se você pensar com a tua cabeça e guiar os teus atos pela bondade, vai acabar andando sobre a água.

— Vou?

— Com certeza. Eu só não consigo porque de muletas não dá mesmo.

Muitas vezes, depois de contar uma história, Donato explicava que aquela era a *sua* interpretação, e que por trás da *sua* maneira de interpretar havia um jeito de pensar que era dele, e que Tadeu o devia ouvir sempre com uma posição crítica.

— Você não deve acreditar em tudo o que eu falo. Só quero que pense, com a cabeça aberta. Quero que você faça isso com tudo o que ouvir ou ler de outro ser humano. Pense, analise, critique. Nunca aceite nada sem duvidar antes.

— Mas se eu duvidar de você, vou ter de acreditar no padre.

— De jeito nenhum. Então pra que você nasceu com cérebro? Depois de pensar bem, você tem que descobrir com o que concorda e com o que não concorda.

— Isso é muito difícil, Donato. Fico confuso. Não sei quem tá com a verdade.

— E se todos estiverem com a verdade?

— Como assim?

— E se a verdade não for uma só?

— E pode?

— Claro. Existem muitas verdades. Ninguém é dono dela.

— Eu acho muito mais fácil a gente acreditar em alguma coisa e pronto. Acho que eu tenho medo desse negócio de pensar com a minha própria cabeça. Desculpa, mas é mais fácil obedecer aos outros. O padre diz que pra gente ser feliz basta obedecer.

— Então você acha que obedecer é melhor?

— É. Sei lá.

— Então escuta esta:

O velho ia com seu neto à feira para vender um burro.

O garoto ia montado no burro, e o velho caminhava a seu lado, puxando o animal por uma corda.

Ao cruzarem com um mercador, este comentou:

— Mas que disparate! Um garoto forte, deixando a pé um velho trôpego. Quem devia estar montado no burro era o avô, e não o neto!

O velho concluiu que o homem tinha razão, e assim o fizeram.

Pouco depois, duas mulheres passaram por eles, e uma delas comentou:

— Que vergonha! Coitado do menino! Puxando o burro com esse velho preguiçoso em cima!

O velho ficou incomodado com aquilo e resolveu que era melhor os dois seguirem a pé.

Pouco adiante, encontraram um grupo de homens, que começaram a rir.

— Mas que dupla de idiotas! — gritou um deles. — Os donos vão a pé, pra não cansar o burro!

O avô se achou mesmo um idiota e resolveu que o certo era irem os dois montados no animal.

E foram assim, até que uma senhora que esperava condução na sombra de uma árvore repreendeu o velho:

— Mas nunca vi maldade maior! Está louco? O pobre do burro vai morrer com tanto peso!

O velho concordou que era muita carga para o animal e que, se queria vendê-lo, era melhor poupá-lo. Assim, resolveu que ele e o garoto deveriam levá-lo nas costas.

Com muita dificuldade, entraram por baixo do burro, ergueram-no e seguiram assim o caminho.

Até que um grupo de rapazes que passava de bicicleta parou para rir deles.

— Que grandes imbecis! — disseram. — Eles é que são os burros!

O velho percebeu que o que estava fazendo era mesmo muito idiota e decidiu então puxar o burro, com o neto montado nele.

— Todo mundo tinha razão. — Tadeu balançou a cabeça.

— Essa é uma das minhas fábulas preferidas. É pra ser usada a vida toda. O que importa não é fazer o que os outros dizem, mas o que a gente acha que está certo.

— No final, o velho já nem sabia o que era certo e errado.

— Durante toda a vida as pessoas vão ficar te dizendo o que fazer. Se você não tiver pensamentos próprios, ficará confuso. Ou então se agarrará a alguma “verdade” e se tornará um fanático. E ser fanático é o pior que pode acontecer com uma pessoa. É pior que ser bobo, porque você pode ser bobo e continuar sendo bom. Mas quem é fanático mais cedo ou mais tarde vai cometer alguma maldade.

6
Armadilha para pegar macaco

E foi por criticar e pensar com a própria cabeça que pouco tempo depois Tadeu trocou a religião pela Jovem Guarda, e Jesus Cristo por Roberto Carlos. A família levou um susto, principalmente a avó, que por um breve período se iludira com a esperança de ter um aliado na conversão dos parentes ao catolicismo. Teresa assistiu à Primeira Comunhão de seu neto, felicíssima, radiante de orgulho, vendo-o tão compenetrado no missal.

Por isso o susto foi grande, quando, pouco tempo depois, ele disse que seu sonho era aprender a tocar violão para ser cantor de iê-iê-iê.

Teresa tentou impedir. Não podia aceitar que seu anjinho trocasse o terço pelo violão, e o "pai-nosso que estais no céu" por "quero que você me aqueça nesse inverno, e que tudo mais vá pro inferno".

O pai, que mantinha alguns ideais comunistas e também não simpatizava nem um pouco com o catolicismo, aproveitou que Tadeu faria 11 anos em breve e antecipou o presente de aniversário, comprando para ele um violão preto.

O movimento musical chamado Jovem Guarda estava no auge. Um programa com esse nome, na TV Record, canal 7, influenciava muito a juventude. A irmã e a prima de Tadeu eram fanáticas pelo apresentador do programa, Roberto Carlos, o líder do iê-iê-iê nacional, e soltavam gritinhos histéricos diante da tevê em preto e branco quando ele se curvava, apontava o dedo, esticando muito o braço, e anunciava: "O meu amigo, o tremendão Erasmo Carlos!". Gastavam toda a mesada em discos.

Tadeu começou a se interessar pela Jovem Guarda graças às pernas da cantora Wanderléa e às minissaias da Martinha, e em pouco tempo já não era capaz de falar uma frase sem colocar as gírias do momento – *é uma brasa, mora, papo firme, barra-limpa* –, para desespero da avó, que quanto mais temente a Deus ficava, mais via o demônio em tudo.

Tentou impedir ao menos que o neto deixasse o cabelo crescer e ficasse com aquela cara de "transviado", mas Tadeu alegou que o cabelo de Jesus era muito maior do que o do Roberto Carlos e ela não soube como responder.

A mãe descobriu uma professora de violão numa vila na rua Voluntários da Pátria, no caminho da praia, pouco depois da pensão, e duas vezes por semana ele ia aprender a tocar, fascinado pelo iê-iê-iê e pelas pernas da professora, desconfiado de que a combinação entre a minissaia e a Jovem Guarda era o tal Paraíso na Terra de que falava a Igreja. Ainda mais assim, ao vivo e tão de perto.

Onze anos significava um grau a mais em sua liberdade, e Tadeu podia ir e voltar sozinho para a aula de violão. No caminho, atendia a pedidos para tocar nas lojas dos amigos do avô, o barbeiro e o dono da quitanda, e já impressionava algumas meninas que saíam dos colégios e precisavam ser arrastadas pelas mães quando o viam tocar.

Quando a música "Calhambeque", de Roberto e Erasmo Carlos, estourou nas paradas de sucesso em todo o Brasil, uma enorme campanha de *marketing* foi montada para aproveitar o "mercado jovem". A marca "Calhambeque" se espalhou por dezenas de artigos como cintos, calças, camisas, botas... Tadeu torturava os pais dia e noite para que comprassem para ele tudo o que chegasse às lojas. Chegou a sair de casa vestido dos pés à cabeça com produtos Calhambeque: chapéu, lenço no pescoço, camisa, cinto, calça e bota. Sem falar nos anéis, chaveiros e pulseiras...

E era assim que dava *shows* na quitanda, cantando: "Mandei meu Cadillac pro mecânico outro dia/ (...) Com muita paciência o rapaz me ofereceu/ Um carro todo velho que por lá apareceu./ (...) E logo uma garota fez sinal para eu parar./ E no meu calhambeque fez questão de passear./ Meu calhambeque, bip, bip".

E era vestido assim, também, que subia às vezes para visitar o velho Donato, que, surpreendentemente, se mostrou um fã da Jovem Guarda. Ele não perdia um programa em sua tevê de 14 polegadas, dada há pouco tempo pela avó de Tadeu "para distrair o velho doido, para que pense menos besteira".

Tadeu sentava na beira da cama e cantava: "Vejam só que festa de arromba/ No outro dia eu fui parar/ (...) Hey, hey/ Que onda/ Que festa de arromba!", enquanto Donato acompanhava o ritmo batendo com a mão na coxa da perna amputada e repetindo "legal, legal".

— Você tá papo-firme, garoto. Só tem um defeito.

— Qual?

— Esse negócio de se vestir todo de Calhambeque...

— Mas isso é uma brasa, mora!

— Não sei, não.

— O quê é?

— Esse pessoal da Jovem Guarda tem uma mensagem rebelde, anarquista, que eu gosto, mas já estão aproveitando a idolatria pra vender coisas, e isso estraga tudo.

— Idolatria é o quê?

— Sabe o que é ídolo?

— Sei. É o Roberto Carlos.

— Não. O Roberto Carlos tá "representando o papel" de um ídolo.

Ídolo é uma pessoa que os outros começam a adorar, a venerar, a querer imitar. Quando essa adoração pelo ídolo se torna excessiva, vira idolatria.

— E isso é ruim?

— Bastante. É uma armadilha. Também tira a liberdade de pensamento. O idólatra, pra mim, é um bobo que quer pensar e agir como seu ídolo, imitá-lo em tudo. Que quer se vestir como o ídolo...

O velho sorriu com o canto da boca. Tadeu ficou contrariado.

— Viu? — Donato emendou. — Não posso nem criticar a maneira como você tá se vestindo. Parece que estou ofendendo seu ídolo, não é? O "rei" Roberto Carlos! Para com isso! Idolatria é coisa de otário.

— Por quê? Não é legal a gente admirar alguém?

— Você falou bem. Admirar. Mas admirar é uma coisa, idolatrar é outra. Ainda mais depois que descobriram que a idolatria é muito boa pra vender coisas. Com milhares de garotos como você querendo imitar o Roberto Carlos, o que vão vender dessas porcarias da marca Calhambeque não tá no gibi!

— Mas o Roberto é legal mesmo!

— É. Eu também acho. Mas daqui a pouco tempo, pode apostar, ele vai se envolver com tanto dinheiro que deixará de ser rebelde de verdade pra poder manter a indústria da idolatria funcionando. Já existem fábricas e empregados trabalhando a todo vapor pra produzir esses chaveiros idiotas, sabia? Não vão mais deixar ele parar. Vai ter de continuar a ser ídolo, de qualquer maneira. E se ele se recusar, arranjam outro. Escuta esta:

> *Os habitantes de uma aldeia, de trinta em trinta anos, praticavam um ritual de adoração a um ídolo, em determinada data e em um determinado local. O ritual tinha um significado muito profundo.*
>
> *Trinta anos, porém, era um intervalo de tempo muito grande, as gerações passavam, e, depois de uns dois séculos, só sabiam a data exata e o local.*

Ninguém se lembrava mais do significado do ritual.

Um dos fiéis, desanimado, disse:

— É melhor deixar tudo isso pra lá.

— De jeito nenhum — os outros decidiram. — Esquecemos os motivos, mas ganhamos uma boa grana vendendo velas.

— Pois é. A idolatria faz isso. As pessoas se fixam na adoração do ídolo, na imitação, e se esquecem da sua mensagem.

Tadeu deitou o violão na cama, colocou as mãos entre as pernas e ficou com um ar triste.

— Desculpa — disse o velho. — Eu tenho a mania de dizer o que penso. Você é novo demais pra eu ficar...

— Não. Eu já tava me sentindo mesmo meio idiota com tanto calhambeque no corpo. É que agora fiquei com remorso.

— Remorso?

— Ando brigando feio com meus pais. Fico querendo que eles comprem tudo que sai da Jovem Guarda. Ontem mesmo discuti com eles porque queria de qualquer jeito uma bota Calhambeque nova. É igual a essa, só que tem um escudo do calhambeque em metal aqui, um de cada lado.

— Ter remorso é bom. Sinal de que você tem consciência e que ela fica pesada.

— Assim eu não vou andar na água nunca.

— Não precisa imitar Jesus. Nem o Roberto Carlos. Seja você mesmo, tá?

— Mas eu não consigo deixar de querer as coisas que saem com esse calhambeque! Já viu o chapéu novo que tão anunciando na tevê?!

— Isso é uma armadilha. Não disse?

— Armadilha?

— Acho que um macaco vai te fazer compreender...

O macaco adorava cerejas.

Certo dia, andando pela floresta, encontrou um pote de vidro, com uma cereja dentro. O pote tinha a boca estreita. Quando o macaco enfiou a pata e segurou a cereja, sua pata fechada não conseguiu mais passar pela boca do pote.

Tentou toda a noite se livrar da armadilha, mas não conseguiu.

Pela manhã chegou o caçador e o levou.

— Macaco burro — Tadeu riu. — Bastava largar a cereja!

— Aí é que tá! Já ouviu a expressão "abrir mão"?

— Meu pai vive repetindo isso. Diz que minha mãe precisa aprender a abrir mão das coisas.

— Abrir a mão quer dizer desapegar-se, deixar de pegar. Você vai à loja, pega uma bota Calhambeque e não quer largar mais.

— É assim mesmo.

— Aí cai na armadilha. Quer aquilo de qualquer jeito. Briga com todo mundo. Hoje é uma bota, amanhã vai fazer qualquer coisa pra ter um sofá da moda. Ficar num emprego que detesta só pra poder comprar um carro novo. É como o macaco que não quer largar a cereja.

— Agora entendi.

— Essa fábula é de Esopo, um grego que viveu no século VI antes de Cristo. Parece que ele estava prevendo a época em que estamos vivendo, com as pessoas se matando pra consumir cada vez mais.

— Mas as pessoas querem ter coisas. Isso é legal.

— O problema não é comprar uma bota Calhambeque, mas tornar-se prisioneiro por não poder abrir mão dela. Experimente abrir mão das coisas e veja como se sente mais livre.

7

O congresso dos ratos

Muito do que o velho anarquista dizia, Tadeu só iria entender muitos anos depois, por isso continuou idolatrando a Jovem Guarda, usando o cabelo igual ao do Roberto Carlos e se cobrindo com os produtos Calhambeque, ainda mais porque as meninas gostavam, e pelas meninas ele era capaz de enfiar as duas mãos juntas dentro da cumbuca, apanhar quantas cerejas pudesse e não largar de jeito nenhum.

Donato sabia disso e deixou de implicar com ele. Às vezes os dois passavam toda a tarde tocando e cantando músicas de iê-iê-iê. Teresa começou a espalhar que o velho ficara completamente caduco.

— Um completo vagabundo! — queixava-se Teresa. — Agora deu pra cantar!

Ela em tudo era o oposto de Donato. Nunca tirava um dia de folga. Até nos domingos ia à pensão. Ninguém a via parada.

Donato não pagava o quarto nem a comida, um favor que devia ao amigo Joaquim. Durante muito tempo fora camelô, vendendo livros usados numa esquina do centro da cidade, mas depois dos setenta o avô de Tadeu prometeu dar a ele uma pequena pensão mensal, para que não precisasse mais trabalhar, pouco menos que um salário mínimo.

Teresa naturalmente foi contra.

— Não vou sustentar vadio! Morar aqui de graça já é um absurdo, e ainda ter de dar-lhe um salário para não fazer nada é demais!

Mas o avô sabia dobrá-la e fazer o que queria. Agora, viúva, Teresa sempre ameaçava suspender a mesada e colocar Donato no meio da rua, mas nunca tinha coragem de fazer isso.

Com a morte do amigo Joaquim, seu protetor, todos esperavam que o velho sem perna definhasse naquele quartinho, esquecido por todos. Porém, ele começou a ir para o pátio dos fundos depois do café, para tomar sol. E, após o almoço, espreguiçava-se por lá, com seu cachimbo, olhando os moleques jogarem bola e esperando que o amigo Tadeu aparecesse para mais um *show* de iê-iê-iê.

Agora podiam ouvi-lo cantar "você é meu amorzinho/ você é meu amorzão/ você é o tijolinho/ que faltava na minha construção/ é verdade/ é verdade...", acompanhando Tadeu, numa roda de moleques suados depois do jogo.

— Depois de velho ficaste de miolo mole — implicou Teresa um dia.

— Pois então fiquei doido — ele riu. — Que se dane.

— Vou acabar te metendo num hospício!

Ele bateu os braços dobrados, como se fossem asas. Ela saiu resmungando, com uma enorme trouxa de roupa para a empregada passar. Os moleques riram, e ele contou uma história:

> *Uma mulher cismou durante anos que era um grão de milho. Depois de um longo tratamento no hospício, ficou curada. Ao sair do hospício, porém, viu uma galinha e voltou correndo.*
>
> *— Mas a senhora sabe perfeitamente que não é um grão de milho — disse o médico.*
>
> *— Eu sei. Mas será que a galinha sabe?*

Donato acabou juiz das partidas de futebol. Ficava sentado numa cadeira mambembe, na sombra, tomando umas canecas de vinho. Às vezes exagerava, a ponto de sugar o apito e soprar o cachimbo.

Uma vez resolveu uma entrada mais forte reunindo os garotos para ouvir uma fábula:

O leão, o burro e a raposa resolveram caçar juntos. No final do dia haviam conseguido bastante caça e começaram a divisão. O burro pegou sua terça parte, mas, antes que se afastasse, o leão saltou em cima dele e o devorou.

Chegou a vez da raposa. Ela pegou só um pedacinho.

— Muito bom — disse o leão, satisfeito. — Quem a ensinou a dividir tão bem?

— Foi o destino do burro.

Depois explicou:

— Zeca, você é a raposa. Clênio, você é o burro. Betão, você é o leão. Olha o tamanho do Betão, minha gente! O Clênio foi tentar passar a bola entre as pernas dele, tomou um trompaço. Zeca, você foi tentar a mesma coisa logo depois. Deixa de ser burro!

Acabou virando treinador do time também. E era capaz de incentivar a equipe contando uma história maluca como:

Um dia os membros do corpo se rebelaram contra o Estômago.

— Estamos cansados de trabalhar pra você! — disseram. — O dia inteiro nos matando para enchê-lo, enquanto você não faz nada!

E os braços e as pernas pararam de se mexer.

Dias depois, com o Estômago vazio, os braços e as pernas descobriram que não podiam se mexer mais, nem se quisessem.

— Por isso, Alfredo, para de ficar na banheira! Desce pra ajudar na defesa. Zeca, deixa de ser fominha. Passa a bola. Alex, você não é tão bom quanto pensa. Não vai ganhar o jogo sozinho. Um time é um corpo. Não interessa que o dedão do pé esteja longe do estômago, todos têm que trabalhar juntos. Paulinho, meu garoto, não adianta ficar parado na lateral, esperando bola, e depois reclamar que ela não chega. Não dá uma de esperto, não. O esperto demais vira otário.

Uma tarde, Zeca chutou a bola com tanta força que ela quebrou a vidraça do refeitório e derrubou o filtro de barro no chão, rachando-o em mil pedaços. Era um filtro especial, na família havia duas gerações, que Teresa adorava. Ela estava arrumando uns quartos no segundo andar e a qualquer momento entraria na cozinha.

Todos tinham muito medo da avó de Tadeu.

Queriam que Zeca fosse lá pegar a bola. Ele não quis. De jeito nenhum.

— Foi você que chutou, você vai pegar! — Betão engrossou.

— Não é bem assim — Donato cortou. — Isso podia ter acontecido com qualquer um.

— Podia, mas aconteceu com ele. Então ele pega.

— Escuta esta, Betão.

Duas amigas vinham pela calçada. Uma delas encontrou uma carteira cheia de dinheiro:

— Olhe o que encontrei! — ela disse. — Hoje é meu dia de sorte.

Pouco depois viram que um homem, acompanhado por policiais, vinham na direção delas.

— Estamos perdidas! — ela disse.

— "Estamos" não — falou a outra. — Quando você encontrou a carteira, não me incluiu.

— Não entendi nada — disse Betão.

Donato apontou o cachimbo para ele:

— Quer dizer que na hora de se divertir todos são amigos, mas quando acontece um problema, ninguém quer dividir as responsabilidades? Isso não é um time de verdade.

Nisso escutam um grito histérico na cozinha!

Teresa acaba de encontrar o filtro partido!

Ela sai berrando, com um rolo de massa de pastel numa mão e a bola na outra. Vem na direção deles, transtornada, xingando todos os tipos de palavrões possíveis. Eles se refugiam atrás da cadeira do velho. Ela grita:

— Quem fez aquilo?

— Calma, mulher. — Donato levantou as mãos.

— Vou rachar a cabeça de quem quebrou meu filtro!

— Jesus não ensinou que se deve dar a outra face?

— Fique quieto, velho doido! A Jesus não quebraram o filtro de sua mãezinha, que Deus a tenha! Se apresente já quem fez isso!

Donato fez um sinal para que ninguém se apresentasse e começou a contar uma história.

No começo a velha ainda o interrompeu, com gritos, mas acabou ouvindo:

> *Um enorme e malvado gato estava acabando com os ratos da redondeza. Estes resolveram se reunir num congresso, para ver o que podiam fazer para se defender.*
>
> *Passaram dias e dias debatendo o assunto, surgiram muitas ideias brilhantes, até que decidiram que a melhor delas era prender um pequeno sino no pescoço do gato. Dessa maneira, todos saberiam quando ele estivesse se aproximando, e teriam tempo de fugir.*

— E daí! Não me venha com tuas histórias! — Teresa continuava possessa. — O que isso tem a ver com o meu filtro quebrado?!

— A ideia dos ratos foi boa. Eles só não conseguiram foi encontrar um voluntário pra prender o sino.

Uns olharam para a cara dos outros, sem entender.

— A culpa é de todos — Donato disse a ela. — Até pensamos em resolver o caso, entregando um culpado a você, mas o problema foi achar um voluntário.

Caíram na gargalhada.

Teresa armou uma cara feia, mas não resistiu e acabou rindo também.

— Ai que tu com essa conversa mole convence até esquimó a chupar sorvete — ela disse. — Pois que juntem o dinheiro para me dar um filtro novo!

No dia seguinte ela mesma comprou um filtro moderno, que vinha querendo há muito tempo e se esqueceu do assunto.

8

A mão cortada

Aos 11 anos Tadeu estava numa boa fase. Tocava e cantava iê-iê-iê, andava mais solto pelas ruas, jogava futebol nos fundos da pensão quase todas as tardes e ainda podia contar com as novelas e os seriados americanos na televisão.

Continuava lendo muitas histórias em quadrinhos e livros de aventura, mas agora perdia horas e horas diante da tevê da sala assistindo ao Bat Masterson liquidar os bandidos do oeste norte-americano apenas com uma bengala; imaginando que seu vira-lata pulguento era o Rin-Tin-Tin; e querendo trocar sua família pela de Bonanza. A irmã era tarada pelo Dr. Kildare. A mãe se divertia com o Chacrinha e as novelas. Todos torciam por suas músicas nos Festivais Internacionais da Canção.

Tadeu achava novela coisa de mulher, até que a TV Tupi colocou no ar Beto Rockfeller, o mulherengo malandro cujo objetivo na vida era ficar rico dando o golpe do baú. Este passou a disputar com Roberto Carlos o lugar de ídolo. O horário da novela era sagrado para Tadeu. Nas noites em que a novela Beto Rockfeller emendava com o programa da Jovem Guarda, ele ia para cama como um idólatra dividido.

***

Ao contrário de Tadeu, o Brasil passava por uma de suas fases mais tristes.

Os militares já dominavam o país desde 1964. Tinham dado o golpe de Estado com a desculpa de que era preciso evitar o caos e que aquela seria uma situação provisória, até as coisas se organizarem novamente. Não cumpriram a promessa. O que eles fizeram foi endurecer cada vez mais o regime.

Tadeu não compreendia o que estava acontecendo, mas via no sofrimento do pai que a situação era grave.

O arbítrio, a truculência e a ignorância dos militares reacenderam no pai de Tadeu os ideais comunistas soterrados pelas responsabilidades práticas da vida. Era justamente o combate ao comunismo que os militares usavam como desculpa para cometer as maiores injustiças.

1968 foi um ano explosivo.

Em março, no Rio de Janeiro, um estudante morreu num confronto com a Polícia Militar e virou um símbolo da revolta estudantil, provocando o começo de uma série de greves e manifestações contra a ditadura.

Em abril, o ditador Costa e Silva, famoso por sua burrice, determinou uma grande apreensão de livros e revistas, e declarou os municípios mais importantes "áreas de segurança nacional", impedindo eleições livres para prefeito.

Em junho, uma passeata no centro da cidade reuniu mais de cem mil pessoas. Depois disso, as passeatas foram proibidas.

Os estudantes não se conformaram. Revoltaram-se em todas as capitais. Milhares deles foram presos, acusados de serem comunistas.

O pai de Tadeu descontava sua raiva nos jornais, amassando-os e chutando. A crise institucional o reaproximou de antigos militantes comunistas da época de estudante. A necessidade de manter o emprego público de procurador do Estado para a manutenção da família e os conselhos ajuizados da esposa o impediram de aderir aos movimentos de revolta, mas não de oferecer ajuda.

Em julho, um grupo autointitulado CCC, Comando de Caça aos Comunistas, invadiu a apresentação de uma peça de teatro chamada Roda Viva, destruiu os cenários e espancou os atores.

Em novembro, foi criado o Conselho Superior de Censura. O compositor Geraldo Vandré, cantando "Pra não dizer que não falei de flores" no III Festival Internacional da Canção, foi considerado subversivo, preso e torturado.

Mas foi no dia 13 de dezembro que veio a gota-d'água. Costa e Silva assinou o Ato Institucional de número 5, fechando o Congresso Nacional e conferindo poderes absolutos à ditadura militar. Agora os militares podiam decretar estado de sítio, intervindo à vontade nos Estados e municípios. Não precisavam mais respeitar a Constituição, tinham poderes para censurar a imprensa e a tevê e para suspender os direitos políticos de qualquer cidadão. E fizeram isso. Trataram logo de cassar o mandato dos políticos contrários ao governo, prendendo ou expulsando para o exílio aqueles que não conseguiam escapar. Aos que consideravam "subversivos comunistas perigosos", perseguiram, encarceraram e torturaram, muitas vezes sumindo para sempre com os corpos.

Tadeu não fazia a menor ideia da gravidade da situação, pois vivia num plano abstrato, onde *cowboys* e cantores de iê-iê-iê confraternizavam pacificamente em torno do ideal supremo da observação das minissaias. Por isso não entendeu nada quando o pai o acordou cedo num domingo de janeiro de 1969, convidando-o a dar um passeio na praia de Botafogo — ventava muito, e o céu estava carregado de nuvens negras, prestes a desabar num temporal já anunciado.

Estranhou mais ainda quando, no meio do caminho, um homem muito magro saiu do canto sombrio de um tapume de obra da rua Voluntários da Pátria, deu um abraço apertado no pai e se juntou a eles no passeio. Um chapéu desabado sobre sua cabeça, a mochila de pano surrada e a enorme capa de chuva com a gola levantada cobriam o estranho de mistério.

Tadeu teve dificuldade em acompanhar os passos apressados dos dois homens, que se comunicavam por monossílabos, e a situação ficou ainda mais esquisita quando, em vez de seguirem reto até a praia, entraram rapidamente na pensão e começaram a subir as escadas.

Pararam no último degrau do sótão, e só então o pai explicou ao filho, num tom conspiratório:

— Eu trouxe você conosco pra disfarçar, porque viemos falar com o Donato. Vamos pedir um favor a ele.

— Legal.

— Vai ser um segredo entre nós dois, filho. Sua avó está na missa. Ela não pode saber de nada. Nem seu tio. Nem sua mãe. Ninguém pode saber.

— Tá. Tá!

— Se alguém perguntar o que a gente veio fazer aqui, você diz que estávamos passeando em frente da pensão e você quis subir pra falar com o Donato.

— Tudo bem.

O amigo misterioso do pai era um antigo companheiro do partido comunista, que cometera atos considerados subversivos pelos militares e agora estava sendo caçado. Se fosse pego seria torturado, para que entregasse outros militantes dos movimentos revolucionários clandestinos que pipocavam por todo o país.

O pai explicou que o amigo corria risco de morte e perguntou se Donato poderia escondê-lo ali no sótão por uma semana, até que os documentos falsos ficassem prontos e ele pudesse fugir de ônibus para o Chile.

O homem misterioso falava pouco e tinha o rosto muito chupado, com dois olhos escuros grandes, como uma coruja assustada.

Tadeu sentia-se num filme, em que seu pai era o herói.

Donato estava de pijama, recostado na cama. O velho olhou para o estranho durante um tempo, em silêncio, até que começou a falar, com a voz pausada, mas cheia de emoção:

Um ladrão foi pego roubando carteiras em uma rua nobre do Oriente e teve sua mão cortada pela polícia. Sem reclamar, ele pegou sua mão e afastou-se. Quando chegou a uma feira popular, começou a gritar e a se lamentar. Um homem, que o seguia, perguntou:

— Por que, quando cortaram sua mão, ficou em silêncio... e só agora grita?

— Porque lá todos me consideravam um ladrão e ninguém lamentaria minha sorte. Aqui, onde certamente existem outros ladrões, saberão dar valor à minha desgraça.

Tadeu já estava acostumado, mas o pai e o amigo trocaram olhares, sem entender nada.

Donato continuou falando, devagar:

— É claro que eu o ajudo. Vocês vieram no lugar certo. Fui um revolucionário como você, meu rapaz. Também tive de me esconder dos militares durante as ditaduras da Espanha e de Portugal. Sei "dar valor à sua desgraça". Compreendo perfeitamente o que você está passando.

— Obrigado — disse o estranho.

— Você se ajeita no outro quarto aí em frente. Afastando um pouco as coisas dá pra esticar o corpo. Ninguém sobe até aqui. Quando eu descer pra tomar café, roubo um pão e uma fruta. No almoço, digo que estou me sentindo meio fraco, peço uma marmita pra comer mais tarde e dou pra você. A avó desse menino reclama, mas no fundo ela me ama.

— Eu posso trazer biscoito da rua. — Tadeu lembrou, querendo participar do filme.

— Não, filho — o pai cortou. — É perigoso.

— Deixe o garoto subir — Donato interferiu. — Ele pode mesmo trazer comida. E se ele vier, nosso amigo aí vai poder se mexer um pouco.

— Por quê? — o pai perguntou.

— Esse chão de tábuas é fino, cheio de fendas, e dá direto pros quartos embaixo. É fácil escutar um sujeito andando por aqui. Eles já estão acostumados comigo, sabem que quando eu caminho se escuta um pé e duas muletas. Se o garoto não subir pra confundir um pouco os inquilinos, nosso amigo aí vai ter de passar a semana parado.

— Meu nome é... — ia dizendo o estranho.

— Não — o velho cortou. — Não diga o nome verdadeiro. Se me torturarem eu prefiro não saber. Vou te chamar de Gomes.

— Também não precisa exagerar — o pai sorriu.

— Gomes era o nome de um amigo meu que morreu na Guerra da Espanha. Agora o mais urgente é vocês limparem o quartinho aí em frente. Aproveitem que o casal de velhos que mora embaixo fica na missa até as 11.

9

O chocalho da serpente

Depois o pai o levou realmente à praia de Botafogo e deram uma longa caminhada até a Urca. Acabou não chovendo. Tadeu tomou um sorvete, e o pai, uma cerveja, sentados na amurada junto à Baía de Guanabara. O homem desabafou com o filho toda a sua indignação contra o regime ditatorial. Do comunismo meio utópico da juventude restara a ele o compromisso com a Justiça. No futuro, seria reconhecido como um dos poucos advogados que assumiram a defesa dos presos políticos.

Um mundo novo e extremamente complicado se abriu para Tadeu. O pai explicou a situação de pessoas como "Gomes" e justificou o pedido de segredo absoluto sobre o que haviam feito.

Daquele domingo em diante, Tadeu e o pai começaram a trocar os olhares de cumplicidade que mantiveram pelo resto da vida, pelos mais variáveis motivos.

Quanto a "Gomes", tudo deu certo. A semana transcorreu tranquila. Ninguém desconfiou de nada. No domingo seguinte, muito cedo, antes de Teresa chegar da missa, ele já saía da pensão com sua mochila surrada, em direção ao bairro do Flamengo, onde um companheiro lhe daria o passaporte falso.

Tadeu passou três tardes inteiras com o "guerrilheiro urbano" e o

AME-O
OU
DEIXE-O
969

"velho anarquista". Levou pães, presuntos, queijos e vinhos, que o pai comprara para eles, e ouviu, maravilhado, suas aventuras.

Conversavam em voz baixa, com o som do rádio ou da tevê ligados, para disfarçar.

Donato contou que ouvira falar em anarquismo pela primeira vez, ainda garoto, da boca de um contrabandista espanhol, nas montanhas atrás de sua aldeia, na fronteira entre Espanha e Portugal. Aos 17 anos já estava em Lisboa, fomentando greves operárias contra a monarquia.

— Na Primeira Guerra Mundial, todos defendendo a entrada de Portugal, nós, anarquistas, ficamos de fora. Eu já tinha 26 anos nessa época, e fazia campanha nos sindicatos. Era pacifista e antimilitarista! Não adiantou nada. Portugal entrou na guerra, e eu tive de fugir para a Espanha, pra não ser convocado ou preso como desertor. Mas escapei de uma guerra pra cair em outra.

— A Guerra Civil Espanhola? Você participou dela? — "Gomes" ficou admirado.

— Onde você acha que perdi essa perna?

— Meu avô também lutou nessa guerra espanhola aí! — Tadeu lembrou, cheio de orgulho. — Ele tinha até uma marca de bala na coxa, bem aqui.

— Foi, sim... — Donato sorriu, e continuou. — Vivi muitos anos na Espanha. Estava lá na década de 1930. Era um líder do movimento anarquista. Um líder sindical. Mas nunca vi uma sociedade tão dividida. A esquerda querendo mudanças radicais, a direita procurando manter seus privilégios e as tradições católicas de qualquer jeito. Dava pra imaginar que aquilo acabaria numa guerra civil.

— É assim, Donato. A violência é necessária...

— Não, Gomes. A violência é estúpida. Continuo antimilitarista. E pacifista.

— Isso é uma utopia.

— É claro que é! Você quer que eu lute pelo quê? Pelo que já existe?

— Não se alcançam os objetivos sem violência.

Donato piscou para Tadeu, antes de falar:

O Vento e o Sol viram um viajante passar por uma estrada deserta, coberto por um grosso capote, e fizeram uma aposta: quem conseguiria fazer o homem tirar o capote?

O Vento então começou a soprar com fúria, abrindo o capote do homem e quase o lançando ao chão. Mas o viajante era forte e conseguiu resistir, fechando o grosso casaco. O Vento tornou-se um vendaval, mas o homem resguardou-se atrás de uma pedra, mantendo-se bem protegido dentro do casaco, até que o Vento desistiu.

O Sol, então, mansamente, lançou seus raios sobre ele, não muito fortes, até carinhosos, esquentando-o pouco a pouco, até ele despir o capote e seguir seu caminho.

"Gomes" ensaiou uma resposta, mas acabou calado, pensativo.

— Eu sei como é isso — Tadeu o consolou. — Não dá pra ser contra as fábulas dele.

— Violência gera resistência. — O velho esticou os braços. — Aí a resistência gera violência, e a coisa não para. Agora, ao carinho quase ninguém resiste.

— Então você acha que um guerrilheiro como eu está agindo errado?

— Quem começou essa ditadura foram os militares. Eu admito a violência para nos defender dos que nos querem tirar a liberdade. Só não gosto de pensar que ela resolve os conflitos. Isso a violência não faz. Mas que diabos, um homem tem de defender-se!

À beira de um caminho muito usado havia uma cascavel perigosa, cuja picada fatal matava todos aqueles que se aproximavam dela. Um sábio foi chamado para convencê-la a parar com aquilo.

O sábio conseguiu que ela o ouvisse. Ele soube encontrar palavras tão profundas que a serpente se arrependeu e jurou que não mais mataria.

Tempos depois, a serpente foi procurar o sábio. Ela estava em péssimo estado.

— Fiz tudo o que pediu — ela se queixou. — Renunciei à minha vida criminosa. Não faço mais o mal. Mas desde então perdi o respeito das pessoas. Todos me desprezam e batem em mim. Sinto-me infeliz. O que posso fazer?

— É bem simples — respondeu o sábio. — Eu a proibi de dar sua picada fatal sem motivo, mas não de silvar e balançar o chocalho.

— É isso! — Donato deu um tapa na coxa direita. — Ninguém vai me impedir de silvar e balançar o chocalho até meu último dia de vida!

10

As duas cabras vaidosas

Numa outra daquelas tardes revolucionárias que passou com o guerrilheiro comunista e o velho anarquista no sótão da pensão de sua avó católica, Tadeu descobriu como Donato perdera a perna.

A passagem da monarquia para a república havia dividido a Espanha em duas.

— À esquerda se juntaram os revolucionários radicais — explicou Donato — como nós, anarquistas, e os comunistas. Já do lado da direita ficaram a elite dos fazendeiros, os tradicionalistas, os conservadores e a Igreja Católica.

Tadeu nunca mais esqueceria a veemência com que aqueles dois falavam, a empolgação que deixava transparecer a importância vital que os ideais tinham em suas vidas, e tudo ainda parecia mais intenso pelo tom de voz conspiratório, baixo e contido, para não alertar os vizinhos.

— Qual é a diferença entre anarquista e comunista? — Ele quis entender.

— A gente queria acabar com o Estado, com todas as formas de opressão e controle. Os comunistas queriam continuar com o Estado e instalar uma ditadura do proletariado.

— O que é isso?

— Imagina que, em vez dos militares, agora a gente tivesse os trabalhadores, o proletariado no poder.

— Ia ser bacana.

— É para isso que estou lutando! — disse "Gomes".

— E é a nossa diferença — emendou Donato. — Eu não quero a ditadura de ninguém. Nem de militar nem de trabalhador.

— Às vezes é necessário que...

— Não, Gomes. Não vamos começar com essa discussão novamente. Foi por ela que eu perdi a minha perna!

Houve um silêncio estranho, quebrado por Tadeu, que apenas olhou para o velho e pediu:

— Conta?

Donato apoiou as mãos nos braços da poltrona e esticou os ombros, como se tomasse impulso para mergulhar no passado:

— Nasci em 1890. Na época da Guerra Civil da Espanha eu tinha mais de quarenta anos. Era um anarquista respeitável, com um prontuário na polícia de alguns metros de comprimento e várias passagens na prisão por desacato à autoridade, incitação à desordem e subversão!

Tadeu escutava, de olhos muito abertos.

— Quando começou a guerra civil o povo se dividiu entre vermelhos e negros. Vermelhos eram os socialistas, anarquistas, comunistas, republicanos, liberais... Negros eram os católicos, a maior parte dos militares, monarquistas, simpatizantes do nazismo e do fascismo, os proprietários de terra... A guerra civil é a pior de todas. É irmão matando irmão! Você toma um vinho com o teu vizinho, no dia seguinte está atirando nele!

"Gomes" também ouvia fascinado.

— O mundo todo parecia participar daquela guerra! As pessoas "legais" do planeta, como se diz hoje, ficaram do nosso lado. Artistas, intelectuais... O Picasso, o Hemingway, aquele que escreveu 1984... George Orwell... Este eu conheci!

— Conheceu George Orwell?! — "Gomes" quase gritou.

— Chiiii, fala baixo. George lutava como soldado comum nas colunas do Partido Obrero de Unificación Marxista, mas tomou um tiro nas trincheiras. Eu conversei com ele algumas tardes, num hospital de Madri. Ele foi um que nos alertou contra a falta de união das esquerdas. Era um sujeito barra-limpa. Conheci também o Pablo Neruda, num congresso de escritores.

— Pablo Neruda!

— Se o Gomes continuar gritando assim não vai dar — Donato riu para Tadeu.

— Acho que você tá virando o ídolo dele.

Tadeu não sabia de quem eles estavam falando, mas devia ser parecido com encontrar um amigo que tivesse conversado com o Roberto Carlos ou com o Jerry Adriani.

— Bom, então a guerra tinha começado. Formamos as "Brigadas Internacionais", com militantes de esquerda de mais de cinquenta países.

— Brasileiros também?

— Muitos, Gomes. Quase todos comunistas, porque os comunistas tinham uma organização internacional forte apoiada pela Rússia. Eu me lembro do Apolônio de Carvalho.

— Apolônio? Ele agora está aqui no Estado do Rio. Clandestino. Acabou de fundar o Partido Comunista Brasileiro Revolucionário.

— Sujeito porreta!

— E a perna? — Tadeu lembrou.

— A perna... A perna... As brigas entre comunistas e anarquistas ficaram cada vez mais sérias. Os comunistas queriam ter o controle de tudo. Nenhum cargo importante era dado aos anarquistas. A cada derrota, culpávamos uns aos outros. Começamos a nos odiar. Havia julgamentos sumários entre nós. Até fuzilamentos. Militantes de esquerda matando o companheiro que lutara a seu lado...

Tadeu viu os olhos do velho brilharem de umidade.

— Em setembro de 1937 eu comandava uma milícia, numa cidade pequena chamada Brunete, perto de Madri. Fomos derrotados. Consegui voltar para Madri. Os comunistas colocaram a culpa nos anarquistas. Um grupo de comunistas me levou pra trás de umas ruínas, julgou-me e condenou-me ao fuzilamento.

— Mas você tá vivo!

— Pedi pra fazer um último pedido.

— Qual?

— Mijar. Não queria morrer com a bexiga cheia. Aí me afastei um pouco, fui atrás de uma pilastra meio destruída e comecei a correr feito um louco!

— Legal!

— Eu sabia que se alcançasse uma praça perto, eles não iam ter coragem de atirar! Eu tinha companheiros anarquistas lá.

— Conseguiu, não foi?

— É. Mas um maldito filho da mãe de um comunista me acertou um tiro de fuzil bem no joelho. Um cirurgião anarquista serrou minha perna, pra eu continuar vivo. A anestesia foi meio litro de uísque norte-americano.

"Gomes" ouviu calado, com a cabeça baixa, sem coragem de olhar nos olhos de Donato.

— Desculpe... — acabou dizendo.

— Você não tem do que se desculpar, meu amigo. Quem deu o tiro não foi você.

— Mas foi um comunista.

— Não. Foi a vaidade, o poder, a ambição, a intolerância... Nós já estávamos disputando o poder da Espanha antes da vitória. Aquilo nos enlouqueceu.

— Agora você está me ajudando...

— Claro. Não precisamos agir como as duas cabras.

— Que cabras?

Um dia, duas cabras que foram criadas juntas resolvem conhecer o mundo e partem, cada uma para seu lado. Viajam por terras distantes, conhecem outros povos, fazem sucesso, tornam-se importantes.

Certo dia, elas se reencontram. Mas cada qual está de um lado de um rio caudaloso, de forte correnteza, e entre elas há apenas uma ponte muito estreita, formada por um simples tronco.

Querendo mostrar como haviam se tornado importantes, as duas começam a atravessar o tronco ao mesmo tempo. Param no meio, e nenhuma é capaz de recuar.

Ficam assim, até caírem de cansaço e serem arrastadas pelo rio.

"Gomes" engoliu em seco.

— Somos irmãos — disse Donato. — Queremos o bem do próximo. Não devemos nos sentir importantes como essas cabras. O passado passou. Se eu puder facilitar o teu caminho...

— Obrigado.

— Continue lutando contra esses ditadores de m(*)! Era isso que eu faria, se tivesse duas pernas!

11

O espírito das máquinas

Nos meses após a partida de "Gomes", Tadeu ficou dividido entre vários ídolos.

A imagem de si mesmo que projetava no futuro era uma mistura de Jesus, Roberto Carlos, Beto Rockfeller e, agora, Che Guevara, guerrilheiro de esquerda morto um ano antes, de quem "Gomes" tinha um cartaz enorme pendurado no quartinho-esconderijo no sótão.

Jesus mandava dar a outra face. Che era um Jesus de boina, pregando que a gente devia endurecer sem perder a ternura. Roberto Carlos queria que tudo fosse pro inferno. Beto Rockfeller corria atrás das mulheres. Tadeu começou a desconfiar, e alguma coisa dentro dele tornava isso claro a cada dia, que o mais sábio era o Beto, porque nenhum dos outros três arranjava mulher como ele.

Outra consequência da passagem de "Gomes" pelo sótão foi a abertura daquele segundo quarto misterioso, território proibido pela avó.

Naquela manhã de domingo em que ele, o pai e o revolucionário comunista tiveram de afastar as coisas para abrir espaço para um colchonete, Tadeu vislumbrou segredos infinitos dentro daqueles caixotes empoeirados e pedaços de máquinas antigas.

ATLAS
A ESTRELA MISTERIOSA
FIGURINHAS

Naturalmente voltou lá, abriu os caixotes, descobriu livros e revistas, potes de vidro com parafusos enferrujados, espelhos, garrafas, vestidos estranhos comidos por traças, ninhos de ratos, bengalas, uma bicicleta velha, cadeiras quebradas, metade de um violão, e motores, muitos motores, de batedeiras, ventiladores, enceradeiras...

Às vezes, Donato aparecia e ficava parado na porta, apoiado em suas muletas.

— Teu avô era maluco por motores. Quando as máquinas quebravam, ele arrancava os motores e jogava aqui.

— Pra quê?

— Para ele as máquinas tinham espírito também. Não se conformava em usar um ventilador durante anos e depois jogá-lo fora quando quebrasse. Achava uma ingratidão. Então ele tirava o motor e guardava. Dizia que o espírito estava no motor, porque quando o motor para a máquina morre. Isso aí é uma espécie de cemitério.

— Bicicleta, bengala, cadeira, isso não tem motor.

— Mas ele guardava assim mesmo. O Joaquim era doido.

— Verdade? Ele era doido?

— Todos nós somos doidos. A gente disfarça, na frente dos outros, mas todos temos um quartinho aqui no sótão — Donato deu dois cascudos na própria cabeça — cheio de maluquices que não conseguimos jogar fora.

Tadeu começou a passar horas por ali. Levava chave de fenda para abrir os motores e ver o que tinha dentro. Folheava os livros e as revistas. Achou uma foto do avô ainda moço, embaixo de uma macieira, com uma caneca de vinho na mão. Pregou a foto no mesmo prego em que Che Guevara passara a semana.

— Você tá a tarde toda aí, garoto. Perdeu até o futebol.

— É. Esqueci. Aqui é muito legal. Todas essas coisas...

— Então tá. Vou descer pra janta.

— Mas falta uma hora ainda.

A lesma subia uma parede, quando o Papagaio, em seu poleiro, perguntou:

— Aonde vai?

— Vou me refrescar embaixo do telhado, na umidade que surge ali, depois das grandes chuvas.

— Mas estamos no inverno, lesma. Chuva só daqui a uns seis meses.

— Vai ser verão quando eu chegar lá.

— Sou uma lesma velha. — Donato sacudiu as muletas.

— Você acha que eu tô ficando doido, passando tanto tempo aqui nesse quarto?

— Tá se sentindo feliz aí?

— Tô.

— Então que se dane tudo!

— Mas é estranho, não é, não?

O velho todas as noites cercava sua casa com miolos de pão. Um novo vizinho, intrigado, perguntou para que era aquilo.

— É para afastar os tigres — respondeu o velho.

— Mas não há tigres aqui!

— Viu como funciona?

— É isso, Tadeu. Se o que você faz te fortalece, que se dane se é absurdo.

Tadeu relaxou e sempre que podia passava horas no quartinho.

Teresa não sabia, continuava preocupada com os vários perigos, os acessos ao telhado, as tábuas podres, as telhas que podiam sair do lugar e provocar goteiras, mas para ela o neto estava com o velho maluco. Todos na pensão já haviam se acostumado com a amizade dos dois.

Tadeu gostava de ficar ali porque em tudo havia a presença do avô. Se os espíritos das máquinas estavam nos motores, talvez os abrindo sentisse o que era o espírito, sem precisar tocar nos corpos das pessoas mortas.

Uma tarde, depois de ter desmontado quase tudo, continuando sem entender por que as coisas paravam e morriam, pensou que, se fizesse o contrário, ou seja, montasse as coisas, produziria a vida.

Donato encontrou a porta fechada.

— Tá tudo bem aí dentro, garoto?

Tadeu abriu apenas uma fresta e colocou a cabeça de fora:

— Tá. Tô fazendo uma coisa.

— E não quer que eu veja.

— Não.

— Tudo bem. A grande lesma vai descer pra tomar uma sopa.

Uma semana depois Tadeu arrastou Donato até o quartinho e apontou, todo orgulhoso:

— Olha o que eu fiz pra você! É um presente.

Era uma cadeira de rodas.

As rodas eram da bicicleta. O eixo era uma haste de enceradeira. A cadeira era uma das de madeira, sem pernas, empilhadas no canto. Estava presa ao eixo por dois feixes de mola tirados de um velho carrinho de bebê. Como descanso para os pés, dois tamancos roubados do porão, presos em hastes de ferro aparafusadas nas laterais do assento. Os braços da cadeira eram restos de uma poltrona que ele aliviara do enchimento podre, como se tirasse as carnes e deixasse só os ossos.

— Isso é uma das coisas mais malucas que eu já vi — o velho falou, com a voz embargada. — Merece uma inauguração!

Era um sábado à tarde, o dia de maior concentração de inquilinos na semana, e, à medida que Tadeu ia descendo com sua cadeira nas costas, e Donato anunciando o que o menino tinha feito, todos saíam dos quartos e acompanhavam o cortejo em direção ao pátio interno.

Teresa, a princípio contrariada por saber que ele frequentava o perigoso quarto de quinquilharias do sótão, logo se rendeu aos elogios que todos faziam à genialidade do neto.

A cadeira de rodas ficou um tempo exposta no meio do cimentado onde os moleques jogavam bola. As pessoas giravam em volta dela, admiradas, reconhecendo as peças, adivinhando os antigos objetos a que pertenciam.

Teresa lembrou que vivia pedindo ao marido para vender aquela porcaria imprestável para o ferro-velho.

Donato, inchado de satisfação por aquela demonstração pública do afeto do garoto, preparou-se com toda pompa para a grande solenidade: sentar pela primeira vez.

Encaminhou-se para a cadeira. Fez-se um silêncio respeitoso.

Donato virou de costas para a cadeira e foi arriando o corpo lentamente. Sentou. Sorriu. Entregou as muletas para Tadeu. As pessoas bateram palmas.

Então, no meio das palmas, a cadeira veio abaixo.

Não estalou, não rangeu, não tremeu. Simplesmente desmoronou. Desarticulou-se toda.

Donato desabou junto com ela e ficou estatelado no chão.

Os dois pneus de bicicleta rolaram juntos pelo pátio, como se estivessem fugindo, até baterem contra o portão de ferro.

A primeira risada veio de uma garotinha de cinco anos e se alastrou como fogo em palha seca.

Logo a pensão inteira ria, gargalhava.

Donato passava mal de tanto rir, sentado no meio dos escombros. Tadeu ria de chorar. A avó sufocava de tanto rir. Uma velha teve de ser levada para o quarto e, mesmo na cama, não parava de rir.

Não era bem aquele resultado que Tadeu esperava de sua criação, mas o sábado terminou em festa, com sua avó vendendo pastéis, cervejas e refrigerantes, e as crianças brincando no pátio até de madrugada.

O pai de Tadeu, sabendo da história e do esforço do filho, e querendo recompensar Donato por ter abrigado o amigo comunista, deu de presente ao velho uma cadeira de rodas de verdade, nova, do último tipo.

A partir daí Tadeu pôde realizar o projeto que estava por trás do propósito de fazer uma cadeira de rodas: levar o amigo para passear na praia de Botafogo.

12
A verdade é linda

No final das tardes de sábado foi estabelecido um novo ritual. Depois do almoço, Tadeu empurrava a cadeira de rodas pela calçada da rua Voluntários da Pátria, em direção à Baía de Guanabara.

Donato, que agora se autointitulava "a lesma de rodinhas", disfarçava um pouco sua alegria, dizendo se sentir culpado por ir sentado enquanto o outro empurrava.

— Você quer o quê? Que eu sente na cadeira e você empurre? — Tadeu riu. — Assim vai acabar virando a fábula do velho, do menino e da cadeira de rodas.

— Agora você me pegou.

E lá iam os dois ver o mar e o Pão de Açúcar. Ficavam na sombra de uma amendoeira. Donato inspirava com força.

— É pra trocar o ar velho — explicava. — A maresia é boa pros pulmões. Acho que ela neutraliza o mofo que eu respiro naquele sótão no resto da semana.

— Como é que você foi parar lá?

— Onde?

— No sótão? Aquele dia você só contou até a parte em que perdeu a perna.

— Foi... Bom, eu tava sem perna, em Madri, escondido no porão de uma casa destruída pelos bombardeios. Era um anarquista procurado pela direita e pelos comunistas. O lado que me encontrasse me fuzilaria. E dessa vez eu não ia nem poder correr.

— Como é que escapou?

— Me vesti de mulher.

— Jura?

— Um vestido preto, do pescoço até os pés. Era assim que se vestiam as viúvas daquela época. E havia milhares delas em Madri. Me colocaram sentado numa carroça, com uma perna de cera falsa coberta por uma meia longa. Pus uma peruca morena, um chapéu, raspei bem a barba... Consegui sair da cidade, embarquei assim num trem pra Barcelona, e de lá escapei para o Brasil num navio de carga.

— Por que não voltou pra Portugal?

— Não podia. Desde 1932 um outro militar filho da p(*), Oliveira Salazar, havia instalado uma ditadura de direita. Se voltasse pra minha terra eu seria perseguido e morto, com certeza.

— Salazar? Eu ouvi o nome dele na tevê outro dia.

— É. Ele acabou de ter um colapso. Tomara que sofra bastante.

— Meu avô tava com você no navio?

— O Joaquim? Não. Conheci o Joaquim aqui no Rio de Janeiro. Um marujo tinha um amigo hospedado na pensão de sua avó. Ele me levou até a pensão. Tua avó viu logo que eu não tinha dinheiro, mas quando contei o meu passado de revolucionário teu avô me arranjou moradia e comida de graça.

— Você então não encontrou com ele na guerra da Espanha?

Donato coçou a cabeça. Depois, alisou o bigode. Olhou para o Pão de Açúcar. Voltou a encarar Tadeu.

— Que o Joaquim me perdoe, mas eu preciso te dizer, porque mais cedo ou mais tarde você vai acabar sabendo e enquanto isso as pessoas que conhecem a história vão ter de continuar mentindo pra você. Então, é melhor que alguém tenha logo a coragem... de dizer que o teu avô não lutou na Guerra Civil Espanhola. Pronto. Foi isso.

— Mas ele tinha uma marca de bala aqui na coxa! Era um buraco fundo. Quando eu era pequeno ficava enfiando o dedo lá dentro.

— É. Aquilo foi um tiro, sim. Mas aconteceu dentro da pensão.

— Não! Ele me contou muitas vezes! Estava numa trincheira, defendendo uma aldeia, aí um inimigo pulou lá dentro e atirou. Ele atirou também. Levou um tiro na perna, mas matou o homem. Aí vieram mais inimigos! Ele se arrastou pra fora da trincheira e jogou uma granada!

— Desculpe. O tiro que ele levou foi no térreo. Naquele último quarto, junto do banheiro.

— Não. Você tá enganado. Ele contou isso muitas vezes. Pra uma porção de gente. Todo mundo sabe.

— Eu sei. Seu avô era um sacana — o velho riu.

— Mas ele...

— Escuta...

Uma hiena encontra um cabrito desgarrado, gordo, e o mata. Vê, então, que um bando de hienas se aproxima. Rápido, esconde o cabrito atrás de uma pedra.

Quando o bando a encontra ela está estirada no sol, arrotando ruidosamente.

— Então não estão sabendo? — ela diz. — Lá na aldeia foi dia de matar o gado, e jogaram todas as carcaças fora. Acabei de vir de lá. Comi o quanto pude! E ainda sobrou muito, para todas vocês!

O bando ficou louco de alegria e correu para a aldeia.

A hiena, vendo-as se afastar tão contentes, disse a si mesma:

— Não é possível que estejam tão animadas por nada... Deve haver alguma coisa de verdadeiro na minha mentira...

E se apressou em segui-las.

— Não entendi — Tadeu disse.

— Ele não lutou na Guerra Civil Espanhola. Pode conferir. Na década de 1930 ele já estava aqui no Brasil, trabalhava num armazém de secos e molhados, e sua avó cuidava da pensão. Mas repetiu tanto essa história que acho que acabou como a hiena, acreditando na própria mentira.

Tadeu ficou olhando o mar.

— Você tá chateado. — Donato balançou a cabeça.

— E o tiro?

— O que é que tem?

— Ele tomou o tiro por quê?

O velho suspirou:

— Morava um casal naquele quartinho.

— E aí?

— O homem trabalhava o dia todo. Saía cedo, só voltava à noite. A mulher dele lavava roupa pra fora. Tua avó deixava ela usar o tanque lá dos fundos do pátio. Ela ocupava o varal todo, a gente nem podia...

— Fala logo.

— Tá. Um dia, o marido chegou em casa e pegou o Joaquim com a mulher dele. Teu avô tava...

— Já entendi — disse Tadeu. — Já sei dessas coisas.

— O homem tirou um revólver do armário e deu uma porção de tiros. Só um acertou. Joaquim nasceu de novo. Foi isso. Desculpe. Essa foi a "guerra civil espanhola" do Joaquim.

— Por que ele mentiu?

— O escândalo foi grande. O casal se mudou. Sua avó ficou maluca. Durante meses acharam que o marido traído ia voltar pra matar o Joaquim. E tinha a tal marca da bala na coxa. Ele precisava explicar aquilo. Bom, a mentira existe. As pessoas...

— Mentir é feio.

Tadeu estava triste. O velho esticou o braço, pegou uma folha de amendoeira, amassou-a entre as mãos, ficou cheirando, e começou a falar, lentamente:

Um jovem saiu pelo mundo atrás da Verdade. Percorreu os cincos continentes, nas montanhas, nos litorais, nas cidades, nos desertos... Sua busca durou anos, até que finalmente, no interior de uma gruta muito escura, encontrou a Verdade de cócoras. Era uma mulher velha, muito feia, enrugada e fedorenta.

Ele fez a ela perguntas sobre sua própria vida, que só ele poderia saber, e a Verdade acertou todas.

— Você é mesmo a Verdade?!

— Claro que sou.

— E eu sou o primeiro a encontrá-la?

— É.

— Que privilégio eu tive! O que quer que eu diga sobre você?

— Não diga nada.

— Mas a humanidade vai querer saber como é a Verdade! Vão me fazer perguntas! Vou precisar falar sobre você! O que quer que eu diga?

A Verdade pensou bastante e falou:

— Diga que sou jovem e bela.

— Foi só isso. Teu avô quis embelezar a verdade.

Tadeu continuou olhando para o Pão de Açúcar, calado, pensativo. De repente, sorriu.

— Vovô era um sacana mesmo.

— Era, sim.

— Uma vez ele jogou uma baratinha dentro do decote de uma mulher, num restaurante. A mulher tava implicando com o garçom. Eu era pequeno. Fiz xixi na bermuda de tanto rir. Ele prendia baratinhas dentro de caixas de fósforo só pra essas coisas.

— Foi o sujeito mais divertido e bom que eu já conheci. Tô vivo por causa dele. Me deu casa, comida e amizade. Parece que adivinhava. Subia pra me levar vinho e tremoços nos dias que eu estava mais triste. E quando morreu... ainda me deixou o neto.

O velho não conseguiu falar mais nada. Ficou olhando o mar. Até sentir a mão de Tadeu sobre a sua.

Deram as mãos. Ficaram um tempo calados, até que Tadeu perguntou:

— Era bonita?

— Quem?

— A mulher do cara.

— Nossa! E como. Nem te conto.

13

O elefante e o mosquito

Entre um filho de Deus, um cantor da jovem-guarda, um guerrilheiro e um mulherengo, Tadeu escolheu mesmo o mulherengo para ídolo. Ficou com o Beto Rockfeller.

Depois do episódio da cadeira de rodas, a fase de ficar horas no quartinho de quinquilharias do sótão passou, e, para completar, sua avó levou para lá dois armários velhos e uma mesa, não deixando espaço para mais nada.

Entraram em 1969, Tadeu fez doze anos, e foi compreendendo que, à medida que adquiria liberdade, também aumentavam suas responsabilidades, de maneira que a responsabilidade ia limitando a liberdade, e as coisas pareciam ficar na mesma.

Agora ele podia ir à pensão e ao colégio a pé, sozinho, e até a praia, mas quase não tinha tempo, porque era preciso estudar muito, ou ajudar a mãe a trazer as compras da feira, ou ficar esperando a porcaria do sujeito que ficou de consertar o cano da pia.

Continuava a frequentar a pensão, mas só aos sábados, para jogar uma pelada. Era então que encontrava Donato, circulando pelo pátio, apitando um jogo, sempre na cadeira de rodas. Sua avó o deixava guardá-la na despensa do térreo e até tinha dado uma cópia da chave para ele.

— Mas se me roubares uma só lata de salsicha te parto a cabeça! — ela ameaçava.

Passaram-se meses sem que os dois tivessem oportunidade de conversar a sós. Agora era a velha enfermeira aposentada do segundo andar que levava Donato ao passeio na praia. Donato aceitava, mas depois ficava resmungando:

— Ela acha que a gente tá namorando. Eu não sou São Jorge pra dar em cima de dragão.

De importante mesmo, naquele ano, foi que o homem pisou na Lua.

Tadeu e sua família ficaram até a meia-noite do dia 20 de julho colados diante da tevê, para ver o sujeito dar uns pulinhos e enfiar a bandeira dos Estados Unidos no satélite da Terra.

Nos dias que se seguiram não se falou em outra coisa, e ele subiu ao sótão para perguntar se Donato tinha assistido e o que achara daquele fato extraordinário:

— Foi legal. — O velho sacudiu os ombros, de má vontade. — Mas o mundo é tão misterioso e assombroso que, na minha opinião, existe tanto mistério em se cravar uma bandeira na Lua quanto espetar um palito numa azeitona.

Tadeu não entendeu. Estava empolgado demais:

— Daqui a uns anos a gente chega a Marte! Depois vai pros outros planetas todos. Aí o homem domina o universo, em suas naves intergaláticas e...

— Deixa disso. O universo não tem fim.

— Mas os homens vão...

— Somos só uns micróbios num grão de poeira vagando pelo infinito.

— Não. O homem é o senhor do...

— Você anda vendo tevê demais.

— Não! Isso é real. É o primeiro passo do homem pra dominar o universo.

Donato balançou a cabeça:

O mosquito saiu pelo mundo procurando uma casa para morar. Depois de muito pesquisar, escolheu o interior da orelha de um elefante.

Antes de se instalar, o mosquito gritou bem alto:

— Senhor elefante, comunico-lhe que terá a honra de me receber em sua orelha!

O lugar era agradável e muito confortável. Quente no inverno, arejado no verão, e seguro, pois ninguém se atrevia a mexer com um elefante.

Ali o mosquito passou muitos anos, casou, criou família, conheceu momentos de alegria e tristeza.

Muito tempo depois, já velho, resolveu que era hora de partir, conhecer novos lugares, montar uma nova residência. Então, no dia da partida, fez questão de notificar o elefante:

— Estou deixando hoje sua orelha. Fico muito grato pelo senhor ter sido sempre muito hospitaleiro.

O elefante não respondeu.

Na verdade, o elefante nunca soube que o mosquito havia morado em sua orelha.

— O universo é o elefante, Tadeu. A humanidade é o mosquitinho vaidoso e arrogante. Nós nos achamos muito importantes, mas a verdade é que o elefante nem sabe da nossa existência.

Para Tadeu, naquela época, as mulheres eram elefantes, e ele, um mosquitinho. Elas nem sabiam que ele existia.

As meninas da sua idade queriam namorar garotos mais velhos. As mais velhas, também. Então não sobrava alternativa a não ser crescer. Mas isso parecia demorar muito.

— Antes eu queria ficar mais velho pra poder andar na rua sozinho — ele desabafou com Donato. — Agora preciso ficar mais velho pra namorar. Isso não acaba nunca?

— Não — o velho riu. — Depois vai precisar crescer pra arrumar trabalho. Depois pra casar e ter filhos. Depois pra ter netos. E, no final, vai descobrir como era bom ser criança.

— Isso é muito chato!

— Depende. Se a gente aproveitar cada período pra se tornar mais sábio, então se aprende cada vez um pouco mais, e a vida fica uma coisa muito interessante e surpreendente.

— Você vive falando de sabedoria. Que diabo é sabedoria?

— É um estado de espírito que a pessoa conquista, que a faz ter uma clareza sobre todas as coisas e agir da maneira mais acertada possível.

— Fiquei na mesma.

— Vou dar um exemplo. Antes, você queria crescer rápido pra ter liberdade, agora, é por causa das meninas. Nas duas fases ficou aí, numa ansiedade desgraçada. Isso ajudou em alguma coisa? Não. Só te trouxe raiva, tristeza, mais ansiedade. Então não está sendo sábio.

— Sou uma besta!

— Não exagera. Se você tivesse aprendido alguma coisa quando quis crescer rápido pra poder andar sozinho na rua, teria adquirido sabedoria pra passar essa fase de agora menos ansioso.

— Tudo bem. Mas o que é que eu devia ter aprendido e não aprendi?

— A pedra fundamental da sabedoria! O alicerce!

— E qual é?

O jovem procurou um velho ferreiro, famoso por ser o homem mais sábio da região.

— Senhor, quero ser sábio também.

— Muito bem. Pegue aquele martelo e este pedaço de ferro, vá para aquela bigorna e trabalhe.

O jovem pôs-se então a martelar o ferro durante todo o dia. No outro dia, o sábio o mandou continuar. E no dias seguintes também. E durante toda a semana. E nos meses seguintes. E desse modo trabalhou durante todo o ano, sem que o velho ferreiro lhe dirigisse a palavra.

Cinco anos se passaram, da mesma forma, até que o jovem insistiu:

— Mestre...

— O que quer?

— Quero ser sábio.

— Continue martelando.

Mais cinco anos se passaram.

Ao fim dos dez anos, o jovem, agora já um homem, não pedia mais nada ao velho. Apenas martelava. Então o sábio ferreiro tocou em seu ombro.

— Pode ir — ele disse.

Tadeu ficou olhando para o velho, com um ar confuso:

— Mas, e a sabedoria?

Donato sorriu:

— Nunca se esqueça disso: a pedra fundamental da sabedoria, o alicerce onde se apoiam todas as outras conquistas espirituais do sábio, é a paciência.

Dali em diante, todas as vezes que Tadeu sentia que a ansiedade começava a dominá-lo, a imagem do aprendiz de ferreiro o acalmava, e ele dizia a si mesmo que ainda havia muito o que aprender, e que a pressa não servia para nada.

Para sua surpresa, isso o ajudou na questão das meninas.

Descobriu, por exemplo, que a pior maneira de chegar numa garota era ansioso, apressado. Fez muita bobagem até se convencer de que era melhor ficar quieto em um canto do que forçar um contato precipitado, quando chegava até a gaguejar, falar e agir como um estúpido.

Uma das coisas ridículas que ele fazia, por exemplo, era ficar rodando num salão até ter coragem de chamar uma menina para dançar, com o coração aos pulos, suando de ansiedade, sabendo que a cada volta ela percebia mais e mais que ele era uma besta tímida que ia dar mais uma volta só pra disfarçar e tentar criar coragem, e ainda assim não ia conseguir etc.

Tadeu achou melhor seguir os conselhos de Donato e ter paciência. Passou meses exercitando a paciência. E então, uma coisa muito boa aconteceu com ele.

14

A paixão e a loucura

O ano era 1970, já fizera 13 anos, e havia começado a Copa do Mundo de Futebol.

Ele e os amigos tinham combinado para assistir aos jogos numa televisão no pátio interno de um prédio em Copacabana. Havia o grupo dele, quase metade da turma da escola, mas também os moradores do prédio.

Como Sílvia.

Ficavam todos sentados no chão de cimento, de frente para uma tevê de vinte polegadas.

Logo no primeiro jogo, Sílvia sentou ao seu lado.

Tinha 15 anos, magra, o cabelo claro encaracolado preso num rabo de cavalo, e usava um vestido largo e comprido, todo estampado. Cruzou as pernas e colocou sobre elas uma bolsa de lona verde, com flores desenhadas à caneta esferográfica. Suas sandálias eram de tiras de couro trançadas e as pulseiras, longas filas de sementes. Havia uma flor espetada no cabelo.

— Ela é *hippie* — Tadeu explicou, quando contou sobre Sílvia a Donato.

— Sei o que é — ele disse. — E gosto desse povo. São anarquistas. Se eu fosse jovem seria um *hippie*.

Foi o primeiro beijo na boca de Tadeu. Beijo de verdade, de língua, olhos fechados e a sensação de que caiu num poço sem fim de felicidade.

A conquista de Sílvia foi uma obra de pura paciência.

Desde o primeiro jogo do Brasil Tadeu ficou completamente apaixonado, mas havia tantas dificuldades que ele preferiu não se precipitar. Sílvia era dois anos mais velha, e um outro sujeito estava dando em cima dela. Ele devia ter uns dezoito anos, surfista, e tinha até moto.

— O cara tem tudo — Tadeu se queixou a Donato. — Um cabelo louro, liso, até aqui no ombro. É forte pra caramba. Pega onda em Ipanema. Tem uma moto preta. Boa-pinta. As garotas ficam rindo à toa pra ele!

— E daí?

— Daí? Daí que eu queria ser ele! É isso. Eu sou magro, baixo, ando de ônibus e moro longe da praia de Ipanema! Eu queria ser ele.

Dois burros iam pela estrada, tocados por um homem, em direção à feira. Um deles carregava cem quilos de sal, enquanto o outro levava apenas um carregamento de espuma, que não pesava quase nada.

O que levava sal ia se arrastando com todo aquele peso e invejando o companheiro.

Tiveram então de atravessar um grande rio.

As águas eram fundas, e o burro que carregava o sal temeu pela sua vida. De fato, logo começou a afundar com todo aquele peso. Mas, com a forte correnteza, o sal começou a derreter, acabou se desfazendo todo, e, sem peso, ele conseguiu chegar à outra margem.

Já o que carregava espuma atravessou o rio muito confiante. Porém, logo percebeu que as espumas absorviam a água, inchavam, e acabaram tão pesadas que o levaram para o fundo.

— O que esse surfista tem pode ser muito vantajoso em determinada situação, mas um desastre em outra. É muito bom carregar espuma no seco, mas um problema no molhado. Ter inveja é bobagem, porque tudo tem defeitos e qualidades, dependendo da situação.

— Não sei que qualidades eu tenho em comparação a ele.

— Todos nós temos defeitos e qualidades.

O belo e grande alce estava admirando seu reflexo no lago e começou a achar suas patas finas demais.

— Em comparação com a minha linda galhada, essas patas são um horror. A galhada me enche de orgulho. Minhas patas me enchem de vergonha.

Nisso vê um lobo, que se aproxima rápido, vindo do outro lado do lago.

O alce põe-se a correr em disparada, e suas patas compridas e finas o afastam cada vez mais do lobo.

Mas então penetra numa mata fechada, e sua galhada se embaraça nas plantas e o impede de fugir.

— Tá. O alce descobriu suas qualidades e seus defeitos.

— Que eram o contrário do que ele achava.

— Mas eu continuo sem saber as minhas qualidades!

— Deixa a necessidade revelar. Conquistar Sílvia é fugir do lobo.

E foi o que aconteceu. A necessidade fez Tadeu descobrir que era inteligente, gozado e sensível. E a comparação revelou à Sílvia como o surfista era ignorante, bruto, um completo idiota.

O caso entre os dois acompanhou a Copa do Mundo.

Era a primeira vez que se podia ver uma Copa de futebol ao vivo, via satélite. Depois das vitórias de 1958 e 1962, e da grande frustração de 1966, em 1970 o povo esperava pela conquista definitiva da Taça Jules Rimet, um símbolo de afirmação nacional perseguido por muitos países há quarenta anos.

Tadeu também esperava pela conquista definitiva de alguma menina, um símbolo de afirmação que ele perseguia desesperadamente há uns dois anos.

Na primeira partida, o Brasil derrotou a Tchecoslováquia, e ele abraçou Sílvia para comemorar o terceiro gol.

Na segunda partida, trocaram olhares aflitos a cada gol perdido contra a Inglaterra, e novamente se abraçaram no único gol do Brasil, que o levou à vitória.

E novamente se abraçaram na terceira partida das oitavas de final, quando o Brasil fez três gols na Romênia.

Esses abraços eram bons, mas não queriam dizer nada porque todos se abraçavam uns aos outros nos gols.

Para Tadeu, porém, parecia que a cada abraço os dois demoravam um pouco mais. E a desculpa de sempre sentarem juntos, porque estava dando sorte, era uma superstição muito conveniente.

Mas no jogo das quartas de final, Tadeu levou uma punhalada no coração. Sílvia chegou na garupa do surfista!

— Eu fiquei com muito ódio dela! — contou a Donato. — Achei que ela era uma idiotazinha. Dessas que só gostam do cara se ele tiver carro ou moto. Uma maria-gasolina! Não queria mais nada com ela.

Donato se divertia com a paixão de Tadeu.

A raposa vinha com muita fome e viu um cacho de uva numa parreira. Tentou alcançá-lo, mas estava alto demais. Desistiu e foi embora, resmungando:

— Tudo bem. Estavam verdes.

O velho explicou que o que ele sentira não era raiva, mas despeito.

— O que é despeito?

— Despeito é uma espécie de raiva caprichosa, provocada pelo amor próprio ferido quando não consegue alcançar alguma coisa. Quando ela chegou na moto, você não quis admitir o fracasso, em vez disso a acusou.

— Foi. Mas mudei logo de ideia quando os dois começaram a discutir, e ela disse um palavrão e deu as costas pro cara. Aquilo foi ótimo, e ela voltou a ser a minha princesa perfeita.

O abraço dos dois no quarto gol do Brasil contra o Peru, nas quartas de final, foi claramente mais apertado e mais longo que os outros. Chegaram a ficar encabulados.

Já haviam conversado depois dos jogos. Sabiam seus nomes, onde moravam, onde estudavam, que música gostavam de ouvir, e Tadeu na dele, sempre exercendo a paciência de aprendiz de ferreiro.

Na semifinal, contra o Uruguai, contaminados pela euforia geral, assistiram à partida de ombros colados, dividiram o mesmo refrigerante, passaram o intervalo juntos, discutindo os lances, os perigos de gol, e voltaram para o segundo tempo numa cumplicidade cheia de entusiasmo e patriotismo.

A vitória de 3 a 1 colocou o Brasil na final, e Tadeu quase com a mão na taça. Mais um pouco e teria dado um beijo em Sílvia, mas a mãe da menina desceu do apartamento para levá-la às pressas ao aniversário de uma tia.

Desde aquela tarde, até a final contra a Itália, a excitação do povo se confundia com a dele. O futebol e o amor se misturavam em sua cabeça, e ele teve insônia pela primeira vez na vida. Não conseguia desligar o cérebro. Ficava olhando para o teto, pensando em Sílvia e na Copa do Mundo, e depois da segunda noite em claro procurou Donato para dizer que estava ficando maluco.

O velho riu e disse que, quando tinha a idade dele, havia andado três dias e três noites, atravessando uma floresta cheia de lobos e contrabandistas perigosos, só para ver uma menina, numa aldeia espanhola. O pai o esperara em casa com um chicote, mas sua avó o impediu de bater no neto contando uma fábula:

A Paixão e a Loucura costumavam se divertir juntas.

Um dia, brincando de lutar espadas, a Loucura acabou sem querer furando os olhos da Paixão.

É por isso que, desde então, a Loucura serve de guia à Paixão.

E foi completamente enlouquecido que Tadeu guardou o lugar de Sílvia e a viu sentar a seu lado.

A final contra a Itália começou!

E foi o maior espetáculo da Terra, e tudo deu certo naquela tarde radiosa, e ele foi Gerson quando deu a mão a ela com toda naturalidade e ela aceitou o passe; e foi Tostão quando a viu sozinha na área e colocou o braço em seus ombros; e foi Pelé quando a abraçou e rodou no ar com toda categoria; e a defendeu como um Brito dos ataques do surfista; e foi Carlos Alberto quando chutou com vontade para decidir a partida e a levou com raça para longe das pessoas, até uma praça em frente; e foi Jairzinho quando levantou a taça e a beijou encostado num carro, com o barulho dos morteiros ao fundo, os gritos de alegria brotando de todas as janelas, É CAMPEÃO! É CAMPEÃO!

15

O siri e seu filho

Dias depois, quando voltou a se encontrar com Donato, disse que havia perguntado a Sílvia o que ela tinha visto nele, e ela elogiara seu jeito calmo de deixar as coisas acontecerem naturalmente, ao contrário do babaca do surfista, que tentara dar um beijo nela só porque deu uma carona da praia até lá.

— Viu? — Donato sorriu. — A tua timidez, que parecia um fardo de sal pesado, como a do burro, foi útil na travessia do rio.

— Ela me acha um cara muito sensível e inteligente.

— E é mesmo.

— Só que eu não me acho assim. Eu queria saber mais! Saber sobre tudo. Queria ser como você! Você sempre sabe a coisa certa pra pensar. Eu podia passar aqui todo dia e você me ensinava tudo e...

Donato balançou a cabeça para os lados e estendeu a palma da mão direita para a frente:

— Calma. Não é assim que se consegue sabedoria. É preciso, antes de tudo, viver.

— Mas desse jeito demora muito!

— É preciso errar. Depois, procurar acertar.

— Eu não quero errar na frente da Sílvia. Me ensina logo tudo, Donato!

O jovem procurou o velho sábio para que este lhe revelasse o que era a vida.

— Perfeitamente — disse o mestre. — Antes, porém, preciso que me faça um favor. Um outro jovem chegou aqui há um ano, querendo a mesma coisa que você. Quero que leve esta caixa a ele. Dentro dela está a revelação do que é a vida.

O jovem pegou o endereço do outro e foi entregar a caixa. No meio do caminho, começou a pensar que, já que aquilo que queria estava dentro da caixa, em vez de esperar um ano, como o outro, bastava abri-la para saber o que era a vida.

Afastou-se da estrada e, com grande dificuldade, abriu a caixa. Dela pulou um camundongo, que imediatamente fugiu pela floresta.

O jovem voltou ao mestre, furioso:

— Então eu peço que me mostre o que é a vida, e você me faz de palhaço!

— Como confiar o segredo da vida a alguém a quem não se pode confiar nem um camundongo?

— Compreende? Não se consegue sabedoria sem esforço. O conhecimento da vida chega no ritmo da vida, quer dizer, com o tempo. Não adianta forçar a obtenção da sabedoria porque não se vai ser capaz de retê-la, e ela escapará por entre nossos dedos. Deixe de ser apressado.

Nos meses que se seguiram Tadeu começou a viver o que chamam de amor. Errando e acertando muito.

Sílvia entrou em sua vida como um pedaço perdido reencontrado, que precisava ser mantido ao seu lado para nunca mais sentir sua falta.

Era uma menina viajada. O pai, diplomata, já morara na Europa, e agora estavam chegando de uma temporada de três anos nos Estados Unidos, na cidade de São Francisco, o berço do movimento *hippie*. E Sílvia era uma *hippie* radical.

Tadeu tornou-se *hippie* da noite para o dia. Não encontrou nenhuma dificuldade nisso. Era só deixar o cabelo comprido como o de Jesus; não se preocupar tanto com banhos nem com os cheiros naturais do corpo; não ver sentido em passar as roupas; usar sempre sandálias, porque tudo tem de ser livre, inclusive os dedos do pé; trocar as camisetas por batas coloridas, o relógio por pulseiras e os cintos por faixas de pano coloridas; e questionar o sistema.

"Sistema" significava todos os outros pensamentos e comportamentos que não fossem *hippies*, ou seja, o universo das pessoas em geral, o que também não era difícil, porque o mundo para Tadeu sempre tinha sido muito esquisito, sem sentido, uma porcaria. Na verdade, descobriu que sempre tinha sido *hippie*. Só precisava de companhia.

Tratou logo de trocar o iê-iê-iê pelo *rock*. A Jovem Guarda virou brega. Jogou fora todas as roupas e objetos Calhambeque. Isso também não foi difícil. Como Donato previra, Roberto Carlos e seus amigos "tremendões" haviam se transformado numa indústria e se tornado patéticos.

Trocou o violão por uma guitarra, e as aulas com a professora de pernas bonitas por uma banda com dois amigos também cabeludos, que ensaiavam numa garagem e se apresentavam em pátios de escolas.

Sílvia e ele não queriam se desgrudar um minuto.

Três semanas depois de se conhecerem, fizeram amor no apartamento de um amigo.

Tadeu já sabia como a coisa funcionava e não se arrependeu de já ter alguma experiência no assunto, com uma prostituta, numa expedição com amigos a um certo casarão rosa, em Laranjeiras. No entanto, descobriu que sexo e amor eram duas coisas completamente diferentes. Com Sílvia o prazer não acabava depois do ato, ao contrário, o ato era só uma parte, um complemento, a casquinha de biscoito crocante que segurava a enorme bola de sorvete de creme.

Andavam sempre abraçados. Não se desgrudavam nem para desviar de um poste. Sonhavam com um mundo alternativo, onde só haveria paz e amor.

O problema é que os pais de Tadeu não se conformaram com aquela mudança súbita, e o que houve foi guerra e ódio.

O pai e a mãe descobriram de repente que tinham virado representantes do "sistema" e, portanto, inimigos da causa *hippie*. Não adiantava explicar que haviam sido comunistas, nem o pai mostrar, com suas atitudes, que continuava a enfrentar a ditadura militar, o "sistema", defendendo corajosamente os presos políticos. Tadeu simplesmente precisava ir contra a família, porque era isso que todos os amigos estavam fazendo.

A mãe e a avó contribuíram com determinação para piorar as coisas, implicando com detalhes como o cabelo enorme e maltratado, a falta de banho e os pés sempre imundos. Ao pai, magoava e irritava a perda do respeito do filho, a incompreensão do valor da Justiça, e a porcaria do *rock* em alturas insuportáveis para um ser humano racional. E todos caíram em cima de Tadeu quando as notas na escola começaram a descer ladeira abaixo e ele acabou não passando de ano.

Toda essa pressão ele entendia justamente como as armadilhas do "sistema", e só serviam para fortalecer cada vez mais suas posições e resistências.

Ele e Sílvia passaram a se sentir incompreendidos, lutando contra o universo. Só ficavam bem entre os que pensavam e agiam como eles.

A avó foi a mais radical.

Teresa não compreendia como alguém podia ter como objetivo na vida não fazer nada. Ela resumia todo o movimento *hippie* como simplesmente vagabundagem. Para ela a vida era trabalho de sol a sol, não podia ser outra coisa. Quando alguém não fazia nada é porque outro estava fazendo por ele. Donato se sentia ofendido com essa colocação e ameaçava ir para um asilo.

— Pois vá, se a carapuça lhe entra — Teresa ria-se, com as mãos nas cadeiras. — Só não me diga que virou *hippie* nessa idade.

— Você precisa é de poesia, sua velha chata.

— Desce amanhã para o refeitório que te servirei um prato de poesia.

— A vida não é só trabalho.

— Isso é conversa de cipó, que vive pendurado.

Teresa ficou tão inconformada com a filosofia *hippie* que Tadeu deixou de ir à pensão.

Na última vez que falara com Donato, Tadeu queixara-se muito do pai.

— Eu gosto dele. Não queria brigar. Mas tá difícil. Ele não aceita que eu pense diferente dele. Acho que queria que eu fosse advogado. Mas eu quero ser guitarrista.

O velho sacudiu os ombros:

> *Um pássaro que não podia voar teve afinal um filho. Quando este chegou à idade de voar, o pai se fez de desentendido, e o filho acabou achando que também não podia voar.*
>
> *Como gostava muito do pai e tinha uma enorme gratidão por ele o ter criado e sustentado, o filho também ficou sem voar por muitos anos.*
>
> *Até descobrir que não havia nada de mais em aprender a voar com os outros pássaros.*

— O que você quer dizer com isso?

— Voar é arriscado. Os pais costumam amar demais os filhos para serem seus professores de voo.

— Eu estou aprendendo a voar?

— Pode acreditar. Parece confuso, mas tudo isso é o começo do seu voo para fora do ninho.

— Mas por que tá tão difícil?

— Excesso de zelo por parte dos pais, excesso de gratidão e respeito por parte dos filhos. Desse jeito ninguém voa. Algumas coisas só se aprendem fora das asas dos pais. Principalmente os voos mais radicais.

— Meu voo tá radical demais?

O velho olhou Tadeu de alto a baixo e riu:

— O que você acha?

— Mas eles também foram revolucionários no tempo deles! Foram comunistas!

— "No tempo deles" é uma expressão cruel. Estão vivos. O tempo deles também é hoje. Como o seu. Não se dê importância demais. Lembre-se do mosquitinho na orelha do elefante. Ser *hippie* não é nenhuma novidade. O que vocês estão falando hoje eu já ouvia dos anarquistas do começo do século. Seus pais foram comunistas, também lutaram contra o "sistema". Talvez tenham aberto mão do que acreditavam, justamente para poder criar você com segurança e conforto.

Tadeu abaixou a cabeça.

— Mas se eles já foram revolucionários, deveriam me entender!

— Isso é — Donato sorriu. — Faz o seguinte, da próxima vez que eles pegarem muito no teu pé, conta essa pra eles:

> *— Vai cair no precipício, menino! Olha pra frente! Para de andar de lado! — disse o pai.*
>
> *— Aprendi com você — respondeu o filho do siri.*

Passaram-se meses antes que se encontrassem novamente. 1970 acabou, começou 1971, Tadeu fez 14 anos, cada vez mais *hippie*, cada vez mais apaixonado.

E a ditadura, cada dia mais perversa. Os militares implantaram um regime de terror, censurando, matando e torturando quem levantasse a voz contra eles. A juventude dividiu-se entre os que decidiam lutar e os que procuravam criar um mundo alternativo. Os engajados e os *hippies*.

Tadeu passara para um colégio mais fraco, para evitar repetir o ano, e conheceu novas amizades. Já se sentia livre para dormir fora e vivia acampando com Sílvia e os novos amigos. Partiam aos bandos da rodoviária para os destinos *hippies*, Saquarema, Barão de Mauá... Sonhavam em morar no mato, plantando a própria comida, tecendo as próprias roupas. Pregavam o vegetarianismo e as filosofias orientais.

A avó queria enfiar bifes à força dentro dele:

— Mas olha que este menino está chupado como um palito! — ela vociferava toda vez que o encontrava.

Por isso ele continuava evitando a pensão. Passou quase um ano sem falar com Donato. Soube que ele e a enfermeira aposentada davam longos passeios diários pela praia de Botafogo.

Bem ou mal, os pais haviam se conformado em ter um filho *hippie.*

— Não reclame — o pai consolava a mulher. — Você nem precisa passar a roupa dele.

Com a nova escola, surgiu um problema que Tadeu não esperava. Apesar de continuar perdidamente apaixonado por Sílvia, conheceu Marta.

16

O segredo do baú

Foi no começo de 1972. Ele já fizera 15 anos. Sílvia estava no Chile com a família. Marta também era *hippie*. Linda, morena, da mesma idade que ele. Acabaram aos beijos na garagem de um prédio, no final de uma festa. Tentaram fingir que nada tinha acontecido, mas terminaram dividindo a mesma barraca num acampamento de fim de semana.

Sílvia não voltava. O trabalho diplomático do pai reteve toda a família mais um mês em Santiago. Marta e Tadeu se envolveram de verdade. Uma relação secreta. Havia muitos amigos em comum. Pela primeira vez Tadeu teve coragem de entrar em um motel. Ficou freguês. Passava a semana economizando no lanche da escola.

Quando Sílvia voltou, Tadeu terminou com Marta. Os dois sabiam que ia acontecer, por isso a relação tinha sido tão intensa. E marcante.

Ele a princípio se sentiu ótimo. Um garanhão. E o amor por Sílvia não havia mudado em nada. Apenas uma questão começou a incomodá-lo, o ciúme, porque surgiu o pensamento inevitável: o que havia acontecido entre ele e Marta podia perfeitamente ter acontecido entre Sílvia e outro cara!

A ideologia *hippie* do amor livre não ajudou em nada.

Tadeu foi ficando louco de ciúme. O pensamento de que Sílvia beijara e transara com outro, e todas as imagens que esse pensamento trazia, começaram a perturbá-lo. Chegou a perder o apetite e a ter insônia de novo. Procurava descobrir a verdade com uma obsessão dissimulada, tentando adivinhar o que acontecera em cada palavra e gesto da namorada.

Tadeu já perguntara várias vezes o que Sílvia fizera no Chile. Ela contara muitas coisas, e ele tentava encaixar os fatos, montando um quebra-cabeça, na esperança de chegar a saber de todos os passos que sua namorada dera. Mas era impossível, havia buracos, peças faltando, como um fim de semana numa estação de esqui, por exemplo, do qual Sílvia se mostrou muito reticente.

Numa tarde de sábado, com o coração em frangalhos, foi até o velho anarquista.

Bateu à porta, envergonhado por ter passado tanto tempo sem aparecer, e entrou.

Teve a impressão de que Donato envelhecera mais rápido do que o normal, mas vinha tão preocupado consigo mesmo que o que fez foi sentar na beira da cama e desabafar. Contou tudo. O caso com a Marta e a atual crise de ciúme insuportável.

O velho ouviu com atenção, mas com um sorriso embaixo do bigode que irritou Tadeu:

— Isso é muito sério!

— Eu sei, garoto. É por isso que eu acho graça.

— Não é pra achar graça!

— É, sim. Uma pessoa se levar a sério desse jeito é muito engraçado. Você acha que eu não passei por isso? Tive uma porção de namoradas, sabia? Muitas mesmo. O caso com a Marta foi bom, não foi?

Tadeu teve de admitir que sim. Muito bom.

— Não se culpe tanto. Há um certo instinto nisso que não é bom reprimir. Ainda mais na tua idade. O segredo é saber reconhecer quando encontramos a mulher que amamos. Tô lembrando de uma história que meu pai me contou quando eu tinha uns dezoito anos.

Naquela época meu ideal de vida era ir para cama com todas as mulheres do mundo.

Um homem, caminhando na praia, encontra uma garrafa. Quando a destampa, surge um gênio que, em agradecimento por ser libertado, depois de mil anos de prisão, concede-lhe três desejos e depois desaparece.

Em seguida, passa um grupo de dez lindas mulheres. O homem faz então seu primeiro pedido.

— Quero fazer amor com todas aquelas mulheres.

Subitamente, aparecem, por todo o seu corpo, dez pênis.

Horrorizado, ele se esconde e, desesperado, faz o segundo pedido:

— Que todos esses pênis desapareçam!

Descobre então que não tem mais nada, nem entre as pernas! Aflito, usa o terceiro pedido para ter seu pênis de volta e continua a andar na praia, melancólico, mas satisfeito.

Tadeu estava recostado na parede, sorrindo. Havia entendido.

— Meu pai me ensinou que o corpo do homem é como uma torre — Donato acrescentou. — No alto, existem duas janelas, os olhos. Aqui entre as pernas, uma fornalha, acesa a maior parte da vida. As janelas querem ver tudo. A fornalha quer incendiar tudo. O segredo é apreciar a vista, sem apagar a fornalha, nem alimentar demais o fogo.

— Mas as mulheres também são torres, não é? Também têm a fornalha delas.

— E como.

— É isso que tá me deixando louco.

— Você nunca vai saber o que Sílvia fez no Chile. Não pode ter certeza nem do que ela tá fazendo agora, não é? Teria de trancar Sílvia num quarto, só pra você, pra resolver esse problema.

— Mas eu tenho que...

— Não tem nada! É por isso que o anarquismo é contra a propriedade privada! Até no amor o infeliz do ser humano quer ser dono do outro. Deixa ela ser livre. Quando você ficou com a Marta, estava exercendo tua liberdade, e isso te trouxe felicidade. Você quer a felicidade pra você, mas não quer pra Sílvia? É esse o tipo de amor que você tem por ela?

Os dois ficaram calados. Donato pareceu estar indo ao passado.

— Falar é fácil — Tadeu disse, afinal.

— É verdade. Falar é fácil. Eu já tive meus ciúmes. E é uma das coisas mais complicadas de se resolver.

— Por que será?

— Mexe com o egocentrismo da gente. Nós não sentimos ciúme porque amamos demais o outro coisa nenhuma. Não queremos é ser traídos. Temos medo de que a outra pessoa descubra que existe alguém melhor do que nós.

— Pois é.

— E ainda tem a dúvida. A incerteza. Faz os pensamentos da gente ficarem rodando, sem sair do lugar, como o cachorro atrás do rabo. Também já quase enlouqueci e fiz uma bobagem por causa de ciúme.

Voltaram a mergulhar em seus pensamentos.

— Não tem uma fábula pro ciúme, não? — Tadeu pediu antes de ir embora.

— É claro que tem! — o velho se animou. — E é muito boa!

Um milionário precisou fazer uma longa viagem ao exterior e deixou sua bela esposa em sua mansão. Seis meses depois, quando voltou, seu motorista o pegou no aeroporto e, no caminho de volta para casa, contou que a mulher do milionário o traía há dois meses com um jovem, e que este costumava se esconder dentro do baú de madeira que havia no quarto dela.

O milionário entrou na mansão, furioso, e foi logo ao quarto da esposa. Ele a encontrou sentada sobre o baú.

— Levante-se! — ele gritou. — Quero ver se seu amante está aí dentro!

— Quem criou essa calúnia? — ela gritou de volta.

— O motorista!

— É mentira! Me recuso a levantar daqui. Se me obrigar a isso é porque acredita mais no motorista do que em mim, e então não poderemos mais continuar casados!

O milionário amava a mulher. Mas o amante podia mesmo estar no baú. Então o que ele fez foi mandar enterrar o baú bem fundo. Sem abrir.

— É isso que eu tenho que fazer? — Tadeu balançou a cabeça. — Enterrar o Chile? Sem abrir?

— É o único jeito. Você sabe. Enterrar o Chile e todos os outros momentos da existência em que Sílvia esteja longe.

— Vai ser difícil.

— Muito. Mas tenta pensar na liberdade dela. Tenta ter um respeito absoluto pela liberdade da Sílvia. Liberdade inclui privacidade e todo o mistério. Um poeta escreveu que o ciúme é um manto que o egoísmo estende sobre o amor. Usando o respeito pela liberdade, é possível enterrar o ciúme bem fundo. E, se realmente aconteceu alguma coisa, o amante é enterrado junto.

Como sempre, as histórias ajudaram Tadeu a resolver o problema.

Todas as vezes que as janelas de sua torre viam passar uma menina linda, procurava controlar sua fornalha lembrando que o homem que quer ter dez pênis acaba sem nenhum.

E, quando o ciúme afastava o sono e o fazia rolar na cama, acalmava-se com a sensação de que estava cavando um buraco bem fundo e que em breve teria forças para empurrar o baú fechado lá pra dentro.

Mas o problema com a realidade é que ela não dá nenhuma atenção aos dramas individuais. Quando Tadeu começou a se sentir curado do ciúme e descobriu que podia mesmo amar Sílvia e ao mesmo tempo respeitar a liberdade dela, o namoro terminou por um motivo completamente inesperado: a crise econômica.

SESQU
CIA
POLÍCIA

ENTENÁRIO DA INDEPENDÊNCIA
TRANSAMAZÔNICA
BRASI

A ditadura militar vinha manipulando os índices da economia. O governo investiu pesado na imagem de que, sob a tirania deles, o Brasil estava vivendo um "milagre econômico". A propaganda era intensa, com *slogans* como "Brasil, ame-o ou deixe-o", "Ninguém segura o Brasil", "Brasil, conte comigo". Realizaram grandes obras de fachada, como a rodovia Transamazônica, depois abandonada, e uma infinidade de pontes e viadutos.

A euforia pela conquista da Copa do Mundo ajudou a manipular e a exaltar esse falso patriotismo. O sucesso econômico justificava os arbítrios. Só que esse sucesso era de mentira. E foi durante aquele ano de 1972 que as pessoas se tocaram disso.

Tadeu e Sílvia haviam entrado juntos na década de 1970 e se sentiam no paraíso. Estavam na zona sul do Rio de Janeiro. Frequentavam Ipanema. Iam à feira *hippie* aos domingos, à praia, a festas, assistiram à Leila Diniz rebolar em "Tem Banana na Banda", admiravam de longe os intelectuais famosos nos bares, esperavam ansiosos toda semana pelo Pasquim, se enchiam de sorvete no Rick e escorregavam no tobogã da Lagoa Rodrigo de Freitas. Em fevereiro, apareceram nas lojas as primeiras tevês em cores. Em abril, o pai de Tadeu chegou com uma em casa. Toda a família se reuniu. Ligaram o aparelho. A primeira imagem foi um pôr de sol, e todos emudeceram diante do deus Tecnologia.

De repente os problemas estouraram. O Brasil descobriu-se devendo até o pescoço aos credores internacionais. O valor das ações no mercado brasileiro caiu em média pela metade. Muita gente perdeu tudo o que tinha. A inflação disparou. No começo do mês formavam-se filas nas portas do açougue e dos supermercados para estocar comida. Para piorar, o preço do petróleo explodiu no exterior. O governo não conseguia mais manipular índices nem censurar críticas.

O tio de Tadeu foi uma das vítimas dessa situação. Sua fábrica de tamancos, com a venda direta aos presídios, havia atravessado a década de 1960 com lucros sempre crescentes. A sapataria também ia muito bem, e ele ampliara as instalações, comprando a loja ao lado.

Como ele era muito pão-duro, não demonstrava esse enriquecimento, mantendo o velho carro, uma Rural, usando as roupas até acabarem, evitando todos os luxos. Aplicava o dinheiro comprando pequenos apartamentos e alugando. No começo da década de 1970, contagiado pela euforia do lucro da Bolsa de Valores, vendeu os apartamentos e comprou ações. Em um ano dobrou seu capital.

Em alguns meses ganhar mais do que em anos de tamancos transformou o tio de Tadeu. Em 1972, de repente, ele mudou. Começou a se vestir bem; trocou a Rural por um Ford Corcel de luxo, com teto de vinil; viajou com a família para Portugal, para conhecer a terra dos pais; passou a jantar em restaurantes de luxo e a mandar fazer roupas sob medida.

Quando a Bolsa de Valores quebrou, ele perdeu quase tudo. Ficou desesperado, mas, como não havia jeito, voltou aos tamancos.

O velho anarquista riu sobre a situação do tio.

Um homem chamado Afonso tinha como único objetivo na vida a riqueza. Ele economizava cada centavo que ganhava. Não comprava roupas, nem sapatos, alimentava-se mal e morava num barraco caindo aos pedaços. Levava uma vida miserável.

Depois de trinta anos poupando, como tinha previsto, descobriu que era uma pessoa muito rica. Então resolveu gastar. Comprou a roupa mais cara que encontrou, um carro de luxo e foi almoçar no restaurante mais caro da cidade. Justo quando estava descendo do automóvel, um outro carro o atropelou e o matou.

Antes de morrer, ele ainda conseguiu gritar para o céu:

— Oh, Deus! Por quê? Por que me mataste justo hoje?

Ouviu então uma voz vindo do alto:

— Ih, Afonso... desculpe. Não te reconheci.

— Isso é uma fábula ou uma piada? — Tadeu perguntou, rindo.

— A fábula nem sempre é uma piada. Mas quase toda boa piada é uma fábula.

Os acontecimentos que em 1972 atropelaram a economia brasileira e o tio acabaram atropelando a vida de Tadeu.

O pai de Sílvia perdeu o que tinha em ações, e a mãe foi despedida do emprego em uma grande estatal afundada em dívidas. Sem perspectivas aqui, o pai decidiu aceitar voltar ao cargo que ocupara na embaixada brasileira em São Francisco, nos Estados Unidos.

Ela lhe contou tudo isso poucos dias antes da mudança. Ele voltou a pé para casa, embaixo de chuva, sentindo-se oco por dentro.

Despediu-se da namorada na mesma praça onde a beijara da primeira vez e ficou com a impressão desagradável de que estava muito mais triste do que ela.

17

A diferença entre o inferno e o paraíso

Para Tadeu, a pensão de sua avó era como um ser vivo, uma pessoa. O sótão era a cabeça, e o porão, os pés. Um sábio de tamancos.

Entre as duas extremidades, um corpo cheio de vida, com dezenas de inquilinos-órgãos, inquilinos-células, inquilinos-tumores, que tentavam sobreviver em seus espaços limitados. Um corpo controlado por um cérebro-Teresa.

Esse corpo, porém, às vezes adoecia.

As brigas entre os inquilinos eram famosas no bairro. Muitas delas iam parar na delegacia.

As mais corriqueiras aconteciam nos quartinhos dos fundos do térreo, onde à noite era impossível evitar o jogo de cartas.

Teresa tentava controlar a situação, pagando aos moleques mais magros para passarem pelos basculantes estreitos dos quartos, durante o dia, e roubarem os baralhos.

Mas essas eram brigas de malandros, que resolviam logo as questões entre eles mesmos, com medo da polícia.

As desavenças realmente feias aconteciam com as mulheres.

Muitas delas ficavam na pensão todo o tempo, enquanto os maridos, companheiros ou amantes iam trabalhar. Como era impossível passar o dia naqueles quartos apertados, zanzavam, fofocavam, fazendo intriga, até que alguma vítima desses mexericos decidia resolver a questão fisicamente.

Tadeu já assistira a muitas dessas brigas. Quase todas começavam na velha escada de madeira, que cortava os andares como um longo tubo digestivo. Na última delas, uma lavadeira e a amante de um vendedor de seguros, por causa deste, rolaram os degraus se engalfinhando e foram parar no hospital.

Na semana anterior, por ter xingado o filho de uma vizinha de quarto que ouvia rádio alto demais, uma mulher muito gorda recebeu uma frigideirada na cabeça na hora do almoço. Poucos dias antes havia ocorrido quase uma guerra civil, quando o primeiro andar acusou o segundo de não respeitar o horário de silêncio depois das 22 horas, durante uma festa de aniversário.

A avó de Tadeu, sempre com medo de que a polícia fechasse o estabelecimento dela, convocou uma reunião no pátio, no domingo de manhã, depois da missa, para tentar restabelecer a ordem.

Não foi uma boa ideia juntar todo aquele povo.

Tadeu estava no quarto de Donato. Era aniversário do velho. Ouviram as discussões, as vozes se exaltarem, os gritos de Teresa pedindo calma.

— Me ajude aqui — pediu Donato de repente, apontando para as muletas encostadas na parede.

O velho desceu as escadas o mais rápido que pôde, muito decidido. Tadeu o acompanhou, sem entender. Donato nunca se metia nas brigas da pensão. Até se divertia com elas.

Alguns homens e mulheres já se empurravam, enquanto outros tentavam apartá-los aos gritos.

Donato bateu violentamente com a muleta numa lata de lixo e gritou um palavrão!

A visão foi tão inusitada que todos pararam.

— Fiquem calados, cambada de malucos! — ele gritou. — Silêncio que eu vou contar uma história!

Tadeu não estava acreditando. O velho realmente havia conseguido que todos ficassem quietos.

Ele andou entre as pessoas, olhando nos olhos delas:

A águia vivia nos galhos de uma mangueira, cuidando de seu ninho cheio de filhotes.

A gata, com seus gatinhos, morava no tronco, numa toca muito bem cavada.

Junto às raízes, uma porca cuidava de seus porquinhos.

Um dia a gata disse para a águia que estava preocupada:

— A porca passa os dias fuçando as raízes. Vai acabar derrubando a árvore. Deve estar de olho em nossos filhotes.

A águia, desconfiada, avisou a porca que a gata andava fazendo intriga, e que no fundo devia estar de olho nos porquinhos.

A porca, que suspeitava que a águia estivesse de olho em seus porquinhos, disse para a gata tomar cuidado, pois a águia gostava de gatinhos ainda novos.

E assim, uma desconfiando da outra, nenhuma das três saiu de casa para trazer comida, e acabaram todos morrendo de fome.

Havia um poder em suas palavras e no que elas significavam, que parecia tocar o coração de cada um.

— Existem bilhões de pessoas no planeta — ele continuou. — Já pararam pra pensar que sermos vizinhos faz parte do mistério da vida de cada um de nós? O destino nos colocou juntos nesta pensão por algum motivo. Ser intolerante ou intrigante com um vizinho é uma ofensa ao mistério da vida!

Continuou circulando entre as pessoas atônitas. Estavam acostumadas com gritos, não com fábulas.

— Vocês estão com raiva da vida. E descontando essa raiva nos vizinhos. Acham que a vida de vocês é um inferno? Mas são vocês que estão fazendo da própria vida um inferno! Escutem mais esta!

Uma velha, depois de levar uma vida nem boa nem má, deixou Deus confuso quanto ao seu destino na eternidade, e Ele resolveu mostrar a ela o Inferno e o Paraíso, para que escolhesse.

A velha foi primeiro ao Inferno e viu mesas cobertas com os mais deliciosos pratos, as mais saborosas iguarias... mas as pessoas estavam famintas e furiosas porque eram obrigadas a usar talheres, e estes eram longos demais, mediam mais de dois metros, e era impossível levá-los à boca.

Em seguida Deus a levou ao Paraíso. Lá, havia as mesmas comidas maravilhosas, e os mesmo talheres enormes, e a obrigação de comer com eles, mas as pessoas estavam radiantes de felicidade e muito bem alimentadas.

Ainda confusa, a velha perguntou a Deus:

— Quero ficar no Paraíso, claro, mas não entendo... A mesma comida, os mesmos talheres... Por que aqui parecem satisfeitos, e, no Inferno, estão amargurados?

— Porque, no Paraíso, uns alimentam os outros — Deus explicou.

— Entenderam? — Donato levantou a muleta direita no meio do povo, como um profeta perneta. — No Inferno cada um só pensa em si mesmo. No Paraíso, ajudamos uns aos outros. É essa a única diferença entre Paraíso e Inferno!

Parou, girou, olhando todos em silêncio, depois se afastou. Tadeu o seguiu. A discussão havia terminado. A avó estava de mãos nas cadeiras, sorrindo e balançando a cabeça.

Antes de entrar, o velho gritou:

— Deus deu a vida pra cada um cuidar da sua. E parem de uma vez com essa bagunça, cambada de filhos da p(*), porque hoje é o dia do meu aniversário!

Quando chegou de volta ao quartinho no sótão, Donato estava suando muito e tonto. Respirava com dificuldade. Tadeu o ajudou a deitar.

— Acho que dei uma lição neles, não dei?

— Deu, sim. Repara só. Não se escuta mais nada! Você foi demais!

— Eles tão brigando por ninharias. E é sempre o outro que tá errado.

— É. Quando uma briga começa ninguém quer dar o braço a torcer.

— Escuta esta.

Quando Deus fez a gente, deu-nos dois sacos: um pra colocar os nossos defeitos, e outro pra colocar os defeitos dos outros. Mas a gente logo coloca o primeiro saco às costas, e o segundo na frente. Por isso vemos sempre os defeitos alheios, e nunca os próprios.

Algumas fábulas eram tão profundas e vinham acompanhadas de imagens tão simples, que Tadeu sabia que iria lembrar delas para o resto da vida. Aquela era uma assim.

— Mas tem um jeito de sair dessa, garoto. O sábio inverte a posição dos sacos. Basta isso pra gente perder a vaidade e adquirir a tolerância.

— É muito difícil ser sábio.

— É. É preciso esforço. Por isso a maioria não é sábia.

— Você é sábio.

— Não sei. Tô tentando. No começo da vida, o anarquismo radical e a ilusão de que ia resolver os problemas sociais, me deixaram um pouco besta. Mas, depois que perdi a perna, vi a vida de um ponto de vista mais distante e comecei a estudar as fábulas.

— Por quê?

— Lembrei muito da minha infância em Portugal e de como os mais velhos contavam histórias à noite, à roda das fogueiras, e de como havia sabedoria naquelas histórias. Eram tão antigas... O tempo havia aparado todas as suas arestas... chegaram até nós lisas e redondinhas, como as pedras no fundo dos rios. Acho que para tornar-se sábio o sujeito precisa escolher um caminho. Eu escolhi as fábulas.

— Por quê? — Tadeu repetiu.

— Elas passam um ensinamento ancestral de que a vida não é

fácil, é um mistério absoluto, mas que tem de ser vivida até o fim. Ensinam a gente como funcionar neste mundo, da melhor maneira possível. Ensinam a viver. Mostram como não cair nas garras do leão, não ser enganado pela raposa, não depender da formiga, ter paciência com a galinha... Ensinam a não achar o mundo material mau, nem apostar todas as fichas no espírito. Elas ridicularizam os rituais. Ensinam a não aceitar intermediários com os deuses. São práticas, realistas, pragmáticas. E, ainda por cima, têm humor. Pregam o pensamento livre! Não deixam o sujeito ser enganado pelos pensamentos dos outros!

— Ensinam a ser sábio.

— É. Resumindo. Sabe, um dos motivos que me fizeram escolher o caminho das fábulas foi o cirurgião de guerra que me serrou a perna.

— O que aconteceu?

— Ele me anestesiou com meia garrafa de uísque. Já contei isso. Só que a outra metade ele bebeu. Quando tudo terminou nós dois estávamos bêbados e, quando eu vi que tudo tinha dado certo, comecei a repetir que aquilo era um milagre! Um milagre! Aí ele contou esta:

> *O homem vinha dirigindo por uma estrada deserta quando seu carro atolou na lama.*
>
> *Com medo de passar a noite naquele lugar isolado, rezou para Deus ajudá-lo.*
>
> *Ouviu então uma voz grave, vinda do céu:*
>
> *— Primeiro, cate algumas pedras e calce o pneu com elas. Depois, junte um punhado de gravetos verdes e coloque entre o pneu e as pedras. Em seguida, jogue terra por cima.*
>
> *O homem fez o que a voz dizia. Quando terminou, entrou no carro, deu a partida, acelerou e o carro desatolou.*
>
> *— Milagre! Milagre! — ele começou a gritar. — Bendito seja Deus!*

— Eu entendi logo. Pedi desculpas. E o cirurgião disse: "Se eu fosse Deus, gostaria que as minhas criações soubessem se virar sozinhas. Nenhum pai gosta de ter filhos estúpidos". Era um anarquista sábio, e eu quis ser como ele.

Tadeu ia dizer que também decidira ser como Donato, mas foi interrompido por batidas na porta.

Teresa colocou meio corpo para dentro do quarto e anunciou:

— Te prepara pra descer, velho doido.

— Não enche! Hoje não saio mais da cama.

— Sai, sim! O povo decidiu comprar cerveja e vinho pra comemorar o teu aniversário. E eu tô fazendo o bolo de laranja que você adora.

18

As duas sandálias

A separação de Sílvia deixou Tadeu arrasado por uns tempos, com a sensação de que havia perdido o rumo. Os lugares em que antes se divertiam viraram templos onde ele cultuava o passado, e isso não o deixava nem um pouco feliz. Evitou a praia, os bares, as festas, os amigos.

Quando já se achava no fundo do poço, uma fábula contada por Donato serviu como base para que tomasse um impulso para cima:

> *Duas mulheres viajam de trem, entre um vagão e outro. O trem sacode numa curva, e uma delas perde uma sandália. Na mesma hora ela tira a outra sandália e a joga também fora do trem.*
>
> *— Por que fez isso? — a outra mulher se espanta.*
>
> *— De nada me serve uma sandália só. É melhor que quem encontrar, encontre logo as duas.*

O velho explicou que aquela era uma fábula radical sobre como sobreviver às perdas.

— O melhor é concluir que nossa perda será o ganho de alguém, e ficar contente com isso. Se você acha que perdeu a outra metade da laranja, joga a tua metade fora. Não adianta nada ficar com a metade das coisas.

Tadeu radicalizou. Transformou-se num mulherengo dos mais ativos.

Como um antigo ídolo surgindo das trevas de seu inconsciente, porções de Beto Rockfeller brotaram entre as frestas de suas ideologias *hippies*, e ele começou a trocar as sandálias e as batas por botas e jaquetas de couro e a dar muito mais atenção ao amor do que à paz.

Passou 1973 em plena efervescência sexual.

Donato ria. Dizia que era possível ouvir os hormônios de Tadeu borbulhando.

Havia se tornado bonito e tinha personalidade. Era sensível, mas namorava todas, sem culpa. Trocara qualidade por quantidade, e não estava se arrependendo nem um pouco. O telefone não parava de tocar, e a mãe confundia-se com os nomes das meninas. Mal tinha tempo para estudar. O pai às vezes brigava com ele, mas sem muita convicção, porque não conseguia esconder uma ponta de inveja e de nostalgia.

No final de 1973, concluindo que uma moto facilitaria muito sua vida sexual, começou a campanha para convencer os pais a lhe dar uma.

Porém, além de se recusarem terminantemente a fornecer um meio de o filho quebrar os ossos, a ponto de sua avó ter pressão alta toda vez que ouvia o assunto; e além do fato de ele ainda não ter idade para dirigir; a economia do Brasil tornava os tempos péssimos para qualquer despesa extra.

Assim, depois de muito pedir e pensar, achou a solução: ganhar o próprio dinheiro. E descobriu também um modo eficaz para isso: trabalhar.

Foi fazer tamancos na fábrica do tio.

Entrou 1974 pregando tiras de couro na madeira macia, todas as tardes, no porão da pensão.

O tio tentava desesperadamente recuperar-se do golpe que sofrera com a queda da Bolsa de Valores, então aceitou a proposta do sobrinho, concluindo que mais um trabalhador de meio expediente significaria mais tamancos no final do mês.

O salário era muito baixo, mas pelo menos dava a Tadeu a sensação de poder comprar sua independência, o que não era pouco. Calculou que, economizando três quartos do que recebia, no final do ano conseguiria dar entrada nas prestações de uma motocicleta. Faria então 18 anos e ninguém poderia impedir!

Ia para a pensão logo depois do almoço e saía às seis da tarde. Em poucas semanas já se habituara à rotina, e até gostava. O trabalho manual quebrava o ritmo dos pensamentos circulares. Já não sentia o cheiro de mofo, nem se importava com o rádio ligado todo o tempo.

Assim que chegava, pegava dois fardos grandes, um de madeiras cortadas e outro de tiras de couro. Sentava-se em um banquinho, com pregos e martelo a sua frente, e começava a trabalhar. Conseguia fazer mais de 50 pares de tamancos por dia.

Não havia como errar. Só uma vez, distraído, bateu o martelo com força demais e rachou um tamanco ao meio.

Nesse dia, depois do expediente, subiu para dar um presente ao velho anarquista.

Donato desembrulhou, curioso. Era um pé só de tamanco.

— Quando eu quebrei o outro, pensei em você — Tadeu explicou.

Riram. O velho chegou a ter um ataque de tosse.

— Você tá bem, Donato? Tá meio magro. Tem comido direito?

— É só uma gripe.

— Foi no médico?

— Como dizia meu pai, "livre-me Deus da medicina, que da doença livro-me eu!".

— Mas você devia fazer uns exames de vez em quando.

— É melhor, não. Na minha idade eles sempre encontram alguma coisa.

— Minha tia pensa o contrário. Vai aos médicos quase toda a semana.

— E está sempre doente, não é?

— É.

Uma senhora vai ao médico:

— Doutor, tenho dores por todo o corpo. Quando aperto aqui na cabeça, dói. Quando aperto aqui na barriga, dói muito. Se aperto aqui na perna, dói demais. Se aperto aqui no pé, então, como dói.

— Minha senhora, é seu dedo que está quebrado.

Tornaram a rir.

— Como vão as mulheres? — Donato perguntou.

Tadeu ficou sem graça. Dias antes havia magoado muito uma menina que se apaixonara por ele e o havia encontrado com outra. Estava em crise, cheio de remorsos.

— Será que não tô errado? — desabafou. — Outro dia me lembrei do padre da primeira comunhão. Ele vivia repetindo que sexo era pecado. Eu sei que você é anticlerical, mas e se eles tiverem razão?

Um padre e um amigo iam por uma estrada até encontrar um rio largo, de grande correnteza, que precisariam atravessar para continuar viagem.

Sentada numa pedra, uma mulher jovem e linda chorava. Ela precisava atravessar o rio também, mas não teria forças para enfrentar a correnteza sozinha. Ela prometeu um beijo a quem a levasse à outra margem.

O padre, vendo como a jovem era realmente bonita e provocante, recusou-se a ajudá-la e atravessou o rio sozinho. O amigo, com pena da jovem, tomou-a nos braços e, com grande dificuldade, levou-a ao outro lado. Ela, em agradecimento, deu-lhe um longo beijo e afastou-se.

Os dois continuaram a jornada, sem comentar o fato.

Muito tempo depois, o padre, indignado, desabafou:

— Como pôde ceder à tentação? Ela era linda! E o beijou! Você pecou!

— Então você ainda está pensando nela?

— Não sei se entendi.

— Preste atenção, Tadeu. O padre era homem. É claro que também queria atravessar a moça e ganhar um beijo. Mas se reprimiu. O outro fez o que tinha vontade. Resultado, o padre ficou pensando na moça muito mais tempo do que o outro, sinal de que, na verdade, ficou mais "tentado" por ela. Conclusão: reprimir só piora as coisas.

Em 15 de março de 1974, milhares de tamancos depois, mais um ditador, o general Ernesto Geisel, chegou ao poder pela força, com uma proposta intervencionista em todos os escalões, e disposto a resolver os problemas com pacotes econômicos.

De uma forma ou de outra o país se modernizava, atraía indústrias, multinacionais de todo o mundo. Os tamancos foram afinal substituídos por sandálias de borracha, e a fábrica faliu.

As economias do tio de Tadeu estavam no Banco Halles.

Um mês depois, o Banco Halles faliu também, inaugurando uma série de escândalos financeiros.

Era o fim da era dos tamancos, e o tio estava de volta ao ponto de partida, à sapataria.

Tadeu perdeu o emprego e foi reclamar da sorte. Da sua e da do tio.

O velho anarquista contou uma história:

Era uma vez dois irmãos muito ricos. Um deles, da noite para o dia, perdeu tudo. Ele então procurou o irmão para ajudá-lo.

O irmão, imensamente rico, deu a ele apenas uma carrocinha de pipoca.

Sentiu-se muito humilhado, mas teve de aceitar porque estava mesmo na miséria e precisava sustentar a família. Foi com a carrocinha para a frente de um cinema. Logo na primeira noite, um caminhão desgovernado passou por cima da carrocinha e a destruiu.

Muito envergonhado, pediu ajuda novamente ao irmão. Recebeu outra carrocinha de pipoca.

Mais uma vez sentiu-se humilhado, mas aceitou. Foi para a porta de um colégio. Mal estacionou, delinquentes armados com barras de ferro quebraram toda a carrocinha.

Voltou ao irmão e recebeu mais uma. Aquilo era humilhação demais, mas conformou-se, pois a cada dia sua situação piorava e estava mesmo desesperado.

Dessa vez foi vender pipoca numa praça. Fez clientela. As pessoas gostavam dele. Inventou sabores diferentes para suas pipocas. Começou a ganhar dinheiro. Investiu em mais carrocinhas e colocou pipoqueiros para trabalhar para ele.

Dois anos depois, estava bem de vida e foi procurar o irmão. Este então lhe ofereceu sociedade em todas as suas empresas.

— Mas como? Quando precisei de você recebi apenas uma carrocinha de pipocas! Agora que estou bem de vida, você me dá metade de tudo o que tem? Por quê?

— Imagina se eu ia querer sociedade com você naquela sua fase de azar.

— Acho que a maré de azar é do teu tio, e não tua — Donato concluiu.

— Pode ser. Mas a fábrica de tamancos fechar, justo na minha vez, não me deixou muito animado com esse negócio de emprego, não.

— Aceitar as fases da vida acalma.

— É difícil pensar assim quando a gente tá no meio da fase ruim!

— É só não achar que o tempo está contra a gente. Ao contrário, o tempo resolve quase tudo.

— Minha avó diz que esforço é mais importante do que sorte. Ela vive repetindo: "Deus ajuda quem cedo madruga".

— A velha carola — Donato riu. — Conta essa pra ela:

A avó disse para o neto:

— Se quer ser alguém na vida, você deve levantar cedo.

— Por quê, vó?

— Porque é um hábito muito bom. Ontem, por exemplo, eu me levantei cedo e, logo que saí de casa, encontrei uma carteira cheia de dinheiro no meio da rua.

— Quando a senhora chegou em casa, à noite, ela já estava lá?

— Não.

— Então quem perdeu a carteira tinha se levantado ainda mais cedo que a senhora. Esse negócio de levantar cedo não é bom pra todo mundo.

19

A galinha dos ovos de ouro

O mês de abril de 1974 foi arrasador para o tio de Tadeu, mas encheu de alegria o coração de Donato. Enquanto para o primeiro terminava o ciclo dos tamancos, para Portugal o que chegou ao fim foi uma das mais sangrentas ditaduras do século. Depois de quase 50 anos, o poder de Salazar terminou, e a terra natal do velho anarquista conquistou sua liberdade democrática de volta.

Ele assistiu às comemorações da vitória revolucionária pela tevê e leu as notícias nos jornais, com os olhos cheios d'água. Havia participado das primeiras lutas contra Salazar. Décadas depois, com um oceano a afastá-lo, preso a um quarto de pensão, sem uma perna, celebrava a queda da ditadura como uma vitória de seus ideais. Não se cansava de assistir aos noticiários e documentários sobre a "Revolução dos Cravos".

— Você vai ver — disse Tadeu. — A ditadura no Brasil vai cair também! Os militares já tão falando em "abertura política lenta e gradual".

O velho balançou a cabeça.

O galo estava descansando num galho bem alto, quando uma raposa se aproximou:

— Trago boas notícias — ela disse. — Não precisa mais me temer. Acabo de vir de uma reunião com todos os animais da floresta, e ficou decidida

a paz universal! Nenhum animal atacará mais o outro! Pode descer daí, senhor galo! Venha cá me dar um abraço! Vamos fazer uma festa!

— Que ótimo!— disse o galo, olhando para o horizonte. — E vamos ter companhia! Vejo um bando de cachorros vindo justamente para cá!

— Cachorros?! Então tenho de ir!

— Não vai esperar para comemorarmos a paz?

— Não! Os cachorros se esqueceram de ir à reunião!

A raposa fugiu correndo, e o galo continuou no galho, rindo.

— Não acredito nem um pouco nos militares. Se eles caírem, não vai ser por vontade própria, e sim por pressão da sociedade.

Donato tinha razão. Enquanto Geisel pregava a abertura política, continuava usando todos os métodos arbitrários disponíveis, cassando mandatos, censurando, intervindo autoritariamente nas instituições, a ponto do seu ministro da Justiça ficar famoso como o mais truculento de todo o período da ditadura.

O governo praticava tanto a censura, que proibiu até a divulgação dos dados sobre uma gigantesca epidemia de meningite que assolava o país.

Apesar da alegria provocada pela volta da democracia em Portugal, Donato estava emagrecendo muito, os olhos ficando fundos, e mal se animava a descer uma vez por dia para o almoço.

Sua "namorada" enfermeira levava-lhe a janta e conseguiu arrastá-lo até um médico, temendo ser meningite. O médico descartou a hipótese e disse que era apenas uma anemia, recomendando vitaminas.

Tudo que se referia à medicina tornava Donato resmungão.

Mas em 1974 ele completou 84 anos e precisava mesmo de cuidados.

Tadeu percebia como isso agastava o velho anarquista e passou a agir ao contrário, elogiando sua forma física e força espiritual. Não estava mentindo. A energia espiritual de Donato sempre o impressionara.

O velho anarquista parecia imortal.

— Acho que o segredo está em manter a calma. As pessoas são tão impacientes que apressam até a própria morte. A vida é um licor fino que a gente tem de beber em pequenos goles.

Tossiu e esfregou uma mão na outra.

— Essa você conhece:

A mulher foi ao galinheiro de manhã e descobriu que uma de suas galinhas tinha colocado um ovo de ouro.

Daquele dia em diante, todos os dias de manhã, a mulher encontrava um ovo de ouro no ninho da galinha. Começou a vendê-los e a melhorar muito de vida. Com o tempo, porém, achou que apenas um ovo de ouro por dia era muito pouco.

Abriu então o ventre da galinha, para pegar todos de uma vez.

Mas não havia ovo nenhum lá dentro, e a galinha morreu.

— Uma professora contou essa história pra gente. Mas ela falou que era sobre a ambição.

— Pode ser, mas pra mim é sobre a impaciência. O mal não é a ambição, é a ansiedade. A ambição, quando não atropela alguém, é até uma boa condutora. A ansiedade é que força o motor e quebra o carro antes da meta. O bobo aposta corrida contra o tempo e sempre perde. Os ovos de ouro são a vida. O sábio espera sua cota diária. E trata bem da galinha.

Tadeu completou 18 anos bem necessitado de uma galinha de ovos de ouro.

Depois da tamancaria, conseguiu um emprego de atendente num balcão de trocas de uma loja de departamentos. Ele passava o dia informando os clientes de que não podiam trocar mercadorias fora da embalagem.

— As pessoas querem me matar! — desabafou com Donato. — Eu fico repetindo o dia todo: "Não posso fazer nada. É ordem do patrão".

— Essa é a frase que a gente mais escuta na guerra. "Estou só cumprindo ordens superiores". Os judeus escutaram muito isso dos nazistas. Há uma boa:

A parede, ao ser brutalmente atravessada por um prego, reclama:

— Por que você está fazendo isso? Nunca fiz nada de mal a você!

— A culpa não é minha — diz o prego. — É do martelo.

— Tá. Mas se eu não obedecer perco o emprego.

— Acho que não vai perder grande coisa. O sujeito não se exime da responsabilidade pelos seus atos se colocando entre a parede e o martelo.

Tadeu deixou mesmo o emprego. Àquela altura já havia desistido da moto. Queria apenas ter seu dinheiro. Ficar independente.

A maioridade era um símbolo forte para ele. Esperara os 18 anos cheios de sonhos. Seria um astro do *rock*. Casaria com uma milionária. Comandaria uma revolução de esquerda em alguma ilha do Caribe. Deporia a ditadura militar do Brasil. Andaria sobre a água. Mas a realidade é que não conseguira nem tirar a carteira de motorista.

Da noite para o dia abandonara a guitarra, alegando que o *rock* havia se vendido. Deixou mais uns dois empregos, sempre se recusando a ser prego. Largava os cursos, os namoros, as amizades. Os pais criticavam sua inconstância.

— Eles tão pegando demais no meu pé — reclamou com Donato. — Tô me sentindo um estorvo na vida deles. Acho que querem que eu saia de casa o mais rápido possível.

— Você sabe quando a vida começa, garoto?

— Lá vem.

Religiosos discutem para saber qual o momento exato em que a vida começa.

— É no instante preciso em que a semente do pai fecunda o óvulo materno — afirma o católico.

— Não é, não — diz o protestante. — A vida começa no nascimento!

— Nada disso — corta o hinduísta. — A vida não começa nem termina, é um ciclo de reencarnações.

— Os três estão errados — fala o judeu. — A vida começa quando os filhos saem de casa.

— Brincadeira. Garanto que seus pais não pensam assim. Eles só estão aflitos esperando que você encontre o seu caminho. Querem o teu bem.

— Meu pai disse pra eu parar tudo e passar o ano concentrado no vestibular.

— É uma boa. Aproveite a oportunidade.

— É. Mas eu não sei o que eu quero ser.

— Eu já te conheço bem. Você tem uma grande sensibilidade. Acho que devia se dedicar a alguma coisa que estimulasse o teu espírito. Filosofia, arte...

— Isso não dá dinheiro.

O velho anarquista sorriu e balançou a cabeça:

Um pai velho, à beira da morte, chamou seus três filhos e disse:

— O que tenho é muito pouco para repartir entre vocês. Decidi deixar tudo para aquele que se mostrar mais inteligente. Aqui tem uma moeda de ouro para cada um. Aquele que com ela comprar alguma coisa que encha este quarto, ficará com tudo.

O primeiro filho gastou tudo com palha, mas só conseguiu encher o quarto até a metade. O segundo comprou penas, mas também não foram suficientes.

O terceiro comprou apenas uma vela e a acendeu, enchendo o quarto de luz.

— Será que eu entendi?

— A luz aqui é a sabedoria. A sabedoria é o bem mais precioso. Ela preenche a vida, mais do que todo o dinheiro do mundo.

Tadeu recostou-se na parede, sentado na cama, e ficou pensando e olhando para a parede oposta.

De repente, o rosto se iluminou:

— Já sei!

— O quê?

— Tá bem na minha frente!

— É?

Tadeu apontou para a estante.

— Livros!

— Com certeza são livros.

— Em todas as fases que eu já passei na vida, uma coisa eu nunca deixei de fazer: ler livros. Vou pensar num trabalho em que eu esteja sempre junto aos livros!

— Não posso imaginar nada melhor.

Dias depois Tadeu comunicou ao pai que iria fazer vestibular para o curso de Letras.

Essa decisão pareceu dar um propósito a seus atos e o tranquilizou. Continuava festeiro e mulherengo, mas agora tinha um propósito superior. Começava o ano de 1975 cheio de determinação.

A saúde do velho anarquista continuava a inspirar cuidados. Alguma coisa o estava debilitando dia após dia. E sua implicância com os médicos não ajudava em nada.

— Morre-se do mesmo jeito, com médico ou sem médico!

— Mas você precisa descobrir o que tem.

— Será?

— Você não deve brincar com sua saúde.

— Sabe no que eu acredito, Tadeu? Os corpos do reino animal vêm dotados de um mecanismo sofisticado de autocura, que pode ser facilmente danificado pela medicina.

A “namorada” enfermeira também insistia e, afinal, conseguiu convencê-lo a fazer exames.

Isso aconteceu num período de provas, e Tadeu deixou de vê-lo por algumas semanas. Quando o reencontrou, achou-o ainda mais magro e abatido. Sua pele parecia estar murchando sobre os ossos. Ficou assustado:

— Como você tá se sentindo? O médico não descobriu nada?

Donato o olhou com uma expressão grave:

— Descobriu.

Tadeu teve medo, mas tinha de perguntar:

— O que é?

— Estou com um tumor maligno no duodeno.

Os dois ficaram em silêncio.

— Parece que é disso que eu vou morrer, afinal. — Donato deu de ombros. — E eu nem sei pra que serve essa p(*) desse duodeno.

20

A cigarra e a formiga

Tadeu ficou sabendo mais detalhes da gravidade do caso pela enfermeira. Era um câncer terminal, e ele teria poucos meses de vida.

Na visita seguinte, Tadeu fez uma força enorme para se controlar, mas acabou com os olhos cheios d'água.

— Deixa disso, garoto. Ninguém fica pra semente. Enxuga essa cara. Eu ainda não tô morto. — Bateu com a mão direita no meio do braço esquerdo. — Enquanto o sangue tiver circulando aqui eu faço como o carregador de batatas!

— Que carregador de batatas?

O velho estava descarregando um caminhão de batatas, sozinho, à noite, e começou a reclamar da vida.

— Existe alguém mais infeliz do que eu? Nunca amei. Nunca fui amado. Não tenho ninguém nessa vida. Sempre fui pobre. Morrerei pobre. Trabalhei a vida toda como um animal de carga. Estou velho e cansado. Que sentido tem a minha vida? Por que continuar vivendo? Não tenho esperança. O que eu mais queria era que a Morte aparecesse agora, nesse exato momento, e aliviasse meu sofrimento.

E então a própria Morte surgiu diante dele:

— Aqui estou! Vim aliviar teu sofrimento!

— Ah... que ótimo. Então me ajuda aqui com esses sacos de batata.

Tadeu quis rir, mas só conseguiu soluçar alto.

Donato olhou para o teto. Seus olhos já iam perdendo o brilho. A vida o estava deixando aos poucos. Ele parecia falar sozinho:

— Eu sempre quis me tornar um sábio. Agora chegou a hora de mostrar isso. O sábio tem de se sentir confortável no meio do mistério da vida. Ele sabe que ela tem uma duração limitada, nunca lhe prometeram outra coisa, não pode reclamar. Querer a morte, como o carregador de batatas, é sair antes do final de um filme de suspense. Mas a presença da morte, sua iminência, pode servir pra me ajudar a suportar os fardos pesados que encontrar pelo caminho daqui pra frente.

— Mas quem vai me explicar a "moral" das histórias? — foi o que Tadeu conseguiu dizer, chorando.

— Você já pode fazer isso sozinho.

— Não vou conseguir.

— Claro que vai. O certo é que cada um as interprete de sua maneira. Isso é o melhor da fábula. Compreender o símbolo de uma maneira pessoal. O que eu tenho feito todos esses anos é dar a minha interpretação.

— Não sei...

O discípulo reclama com o mestre:

— Você nos conta histórias, mas não as explica!

— O que você acharia se eu lhe vendesse frutas e as comesse diante de seus olhos, deixando nas suas mãos apenas as cascas?

O tumor, depois de descoberto, pareceu se expandir mais rápido.

— Por isso eu não queria ir no diabo dos médicos! — Donato reclamou até o fim. — Agora que sei o que tenho eu tô com medo, e o medo é aliado da morte!

O viajante atravessava o deserto quando cruzou com a Morte, indo em direção contrária.

— Onde vai com tanta pressa? — ele perguntou.

— Vou na aldeia mais próxima, espalhar a peste. E pretendo matar um terço da população.

Muitos anos mais tarde, novamente o viajante cruzou com a Morte no deserto.

— Aquela noite você disse que espalharia uma peste na aldeia e que mataria um terço da população, lembra?

— Perfeitamente — disse a morte.

— Pois eu soube que afinal morreram mais da metade!

— Eu não menti. A peste matou um terço. O resto morreu de medo.

Donato chamou a avó de Tadeu no quarto. A velha veio com o neto. Os dois estavam com os olhos vermelhos.

— O que é, seu velho maluco? — Ela entrou reclamando. — Estou a preparar o almoço. Fala logo! Não fico à toa como tu. Que queres?

— Ora, deixe de ser rabugenta e senta aí pra ouvir uma fábula.

A velha sentou na beirada da cama. Tadeu se agachou, com as costas apoiadas na parede.

O velho anarquista passava os dias na poltrona. Recusava-se a deitar. Foi falando, com dificuldade:

A cigarra passou todo o verão cantando, sem se preocupar com mais nada, só curtindo. Quando chegou o inverno, descobriu que não havia nada para comer. Não tinha poupado coisa alguma e ficou com medo de morrer de fome. Foi então pedir à formiga:

— Minha amiga, me empresta alguma coisa pra comer. No verão lhe trarei tudo de volta, com juros.

— De jeito nenhum. Trabalhei muito para juntar o que consegui e agora passarei um inverno tranquilo. E você, o que fez no verão?

— Cantei.

— O tempo todo?

— *Foi.*

— *Então agora, dança.*

— Estou cansada de conhecer essa história — disse a avó. — O que tu queres dizer com isso?

— Eu sou a cigarra. Você é a formiga, velha implicante. O que eu tô querendo dizer é que você pode fazer o que a formiga fez, e eu vou dar razão a você.

— Explica melhor.

— Nunca paguei por este quarto. Você me deu comida de graça. E não deixou de me dar a mesada, respeitando a vontade do Joaquim. Passei a vida lutando em revoluções, combatendo ditadores, correndo atrás de ideais. Agora, na velhice e doente, sem dinheiro, mais duro que beirada de sino, estou ainda mais imprestável. Sou uma porcaria de uma cigarra que cantou a vida toda e agora não vou reclamar se você me mandar dançar. Perguntei ao médico. Posso terminar meus dias num hospital público.

A velha cruzou os braços e fez uma expressão de raiva:

— Pensas que só tu sabes contar histórias? Escuta essa, velho gagá!

Um homem, com o pai velho e doente, decidiu expulsá-lo de casa para deixar de sustentá-lo.

— E lhe darei apenas metade de um cobertor! — disse ele.

Sua mulher sentiu pena do sogro e, chorando, convenceu o marido a dar ao pai o cobertor inteiro.

Então, o filho disse:

— Não, pai. Dê mesmo ao vovô apenas metade do cobertor.

— Por quê?

— Porque preciso da outra metade para dar ao senhor quando expulsá-lo de casa.

Donato engoliu em seco e olhou para as próprias mãos.

— Tu achas que as formigas como eu também não envelhecem e acabam precisando de ajuda? — Teresa falou. — O que eu não quero que aconteça a mim, não hei de querer que aconteça a ti. Sempre haverá formigas e cigarras no mundo, e a gente vai se ajeitando como pode!

Ficaram em silêncio. Tadeu assistia àquela demonstração de amor lusitano entre os dois.

— Agora, velho bobo — ela continuou —, aproveita esse momento para te converter à palavra de Cristo!

— Ah, não começa com essas bobagens, velha carola!

— O que custa rezares? Vai. Ao menos para teu santo protetor.

O velho anarquista piscou o olho para Tadeu:

> *Um homem despenca do trigésimo andar de um edifício. Enquanto cai, consegue gritar:*
>
> *— Santo Antônio! Salve-me!*
>
> *Uma enorme mão surge por entre as nuvens e o segura.*
>
> *— Obrigado, Santo Antônio!*
>
> *— Santo Antônio? Desculpe... sou Santo Inácio. Não cuido de acidentes.*
>
> *E a mão o solta.*

— Ah, então tu ris das sandices do velho! — a avó brigou com o neto.

— Deixa o garoto em paz, que ele já é um anarquista convicto!

— É por isso que o pai não pode com ele! Vive atrás das mulheres!

— Deixa o garoto se divertir! Quer que ele vire uma formiga chata como a avó?

— Vives às custas da chata aqui, cigarra perneta!

— Trabalhas demais, formiga ranzinza! Vais ter o destino do burro do circo!

— Que burro? — perguntou Tadeu, sabendo que era isso que Donato queria.

O burro trabalhou pesado a vida toda. De manhã à noite subindo a montanha, carregado. Até que, afinal, tombou de cansaço e morreu. Seu dono tirou seu couro e fez dele um grande tambor. Num dia de festa na aldeia, um vizinho, reconhecendo o couro do burro, comentou:

— Este aí continua apanhando, mesmo depois de morto.

— Pois a burra aqui vai embora fazer teu almoço!

A avó arrastou Tadeu pelo braço para fora do quarto e bateu a porta.

No corredor ela parou, abraçou o neto, chorando muito, e disse:

— Lá se vai a alma da pensão!

Naquele dia Tadeu descobriu que as formigas também dependiam das cigarras.

A última semana de vida Donato teve de passar no hospital, tomando morfina contra as dores.

Sua mente vagava pelo passado, pelas montanhas do norte de Portugal. Já não reconhecia ninguém.

Tadeu chegou num final de tarde, colocou a mão do amigo entre as suas e chorou.

Estava sozinho no quarto e achou que devia agradecer ao velho anarquista em voz alta, mesmo que ele não entendesse:

— Você me ensinou tanta coisa... Nunca entendi por que se deu a esse trabalho. Quero que saiba que eu o admiro muito. Você conseguiu a sabedoria.

Para seu espanto, o velho apertou sua mão com as forças que lhe restavam e disse, de olhos fechados, com um fio de voz:

Um velho, cuja memória já começava a vacilar, procurou um professor para aprender finalmente a ler. Custava muito a aprender porque, à medida que aprendia uma letra nova, esquecia a anterior. Quis então desistir e pediu desculpas ao professor:

— Esqueço o que o senhor me ensina e tenho vergonha de perguntar novamente.

— Acenda uma vela — disse o professor.

O velho acendeu a vela e a colocou sobre a mesa.

— Traga outras velas e acenda todas nessa aí.

O velho trouxe uma caixa de velas, acendeu todas e iluminou toda a sala.

— Será que a primeira vela se cansou, ou sofreu algum prejuízo por ter acendido todas as outras? — perguntou-lhe o professor.

Foi sua última fábula.

O velho anarquista morreu no começo de 1976, aos 86 anos, dez anos depois do avô de Tadeu.

O segundo bracelete de ouro caiu no rio caudaloso.

Outra mariposa soube o que é a Luz.

No velório, Tadeu e o pai pararam, um de cada lado do caixão.

— Coloque a mão na testa dele — disse o pai.

Tadeu não tinha coragem. Estava muito abalado e triste.

— Não consigo.

— Toque nele, filho. Ele me pediu que você fizesse isso.

— Por quê?

— Ele queria que eu te dissesse uma coisa, depois de você tocá-lo. Toque.

Tadeu colocou a mão direita sobre a testa de Donato.

— O que você sente?

— Nada, pai. Parece uma pedra. Não há mais nada. Ele foi embora. O que ele disse?

— "Agora que o espírito se foi, você o sente?"

Marynete Martins

Sobre o autor

Nasci em 1957, no Rio de Janeiro, e meus avós tinham uma pensão, no bairro de Botafogo. O mesmo aconteceu com Tadeu, o protagonista deste livro.

Fico imaginando o que Tadeu seria quando ficasse mais velho. Se a história continuasse, talvez ele até acabasse virando um escritor, como eu. Talvez escrevesse mais de cinquenta livros, peças de teatro e roteiros de histórias em quadrinhos. Como eu. Talvez ele também viesse a ter um filho muito gente boa, do qual se orgulharia bastante. E pode ser que, depois dos 50 anos, a coisa que ele mais gostasse de fazer fosse escrever pela manhã, ir à praia à tarde e passar a noite lendo um livro, numa rede, como eu faço às vezes.

Talvez então ele tivesse a mesma vontade que eu tive de trazer o passado de volta, e escrevesse sobre os primeiros anos de sua vida, e criasse um personagem chamado Tadeu, que nasceria na mesma cidade que a dele, também com avós donos de pensão em Botafogo. E, depois que o livro terminasse, quem sabe ele também ficasse imaginando que seu personagem no futuro se tornaria um escritor que um dia sentiria saudade dos primeiros anos de sua vida.

Saudade daqueles tempos mágicos em que a avó era viva e trabalhava como uma formiga, em que no sótão da pensão havia um anarquista que contava fábulas e o ensinava a viver como cigarra.

Quero agradecer à escritora Carmen Lucia Campos, que leu as primeiras versões deste livro e ajudou na pesquisa sobre as fábulas. Suas críticas e sugestões foram fundamentais.

Ivan Jaf

Sobre o autor

Sobre o ilustrador

Ilustrar este livro me permitiu revisitar minha vida de menino nos anos 1970, pois sou um pouco mais novo que o protagonista. Minhas recordações se confundiram com a história de Tadeu e Donato, principalmente nas referências de época.

Essa experiência foi tão intensa que não precisei fazer tanta pesquisa, bastaram alguns exercícios de memória visual para que eu lembrasse dos carros da época e daquele universo ufanista de bandeiras e adesivos. Não foi difícil encontrar na minha mente todo aquele mundo resultante de um milagre econômico que tinha pés de barro e muitos esqueletos no armário.

Adorei o livro porque ele mostra todo o clima da época por meio de uma pensão e de um velho revolucionário. Meu pai foi advogado de presos políticos e se envolveu em questões parecidas com as vividas pelo protagonista. Por isso, durante todo tempo em que desenhei, eu me senti em casa.

Sou gaúcho e me formei em Artes Plásticas pela Universidade Federal do Rio Grande do Sul (UFRGS). Desde 2000, moro em São Paulo, onde trabalho como quadrinista, ilustrador editorial e diretor de arte em cinema de animação. Em 2009, fiz mestrado em Comunicação pela Escola de Comunicações e Artes da Universidade de São Paulo (ECA-USP). Participei de exposições em diversos países e tenho livros publicados aqui no Brasil, na Espanha e na França.

Guazzelli

COLEÇÃO JABUTI

4 Ases & 1 Curinga
Adeus, escola ▼◆🗐☒
Adivinhador, O
Amazônia
Anjos do mar
Aprendendo a viver ◆⌘■
Aqui dentro há um longe imenso
Artista na ponte num dia de chuva e neblina, O ✻★⌗
Aventura na França
Awankana ✎☆⌗
Baleias não dizem adeus ✻🕮⌗○
Bilhetinhos ✪
Blog da Marina, O ⌗✎
Boa de garfo e outros contos ◆✎⌘⌗
Borboletas na chuva
Botão grená, O ▼✎
Braçoabraço ▼⚐
Caderno de segredos ❑◎✎🕮⌗○
Carrego no peito
Carta do pirata francês, A ✎
Casa de Hans Kunst, A
Cavaleiro das palavras, O ★
Cérbero, o navio do inferno 🕮☑⌗
Charadas para qualquer Sherlock
Chico, Edu e o nono ano
Clube dos Leitores de Histórias Tristes ✎
Com o coração do outro lado do mundo ■
Conquista da vida, A
Contos caipiras
Da costa do ouro ▲⌗○
Da matéria dos sonhos 🕮☑⌗
De Paris, com amor ❑◎★🕮⌘☒⌗
De sonhar também se vive...
Debaixo da ingazeira da praça
Delicadezas do espanto ✪
Desafio nas missões
Desafios do rebelde, Os
Desprezados F. C.
Deusa da minha rua, A 🕮⌗○
Dúvidas, segredos e descobertas
É tudo mentira
Enigma dos chimpanzés, O
Enquanto meu amor não vem ●✎⌗
Espelho maldito ▼✎⌘
Estava nascendo o dia em que conheceriam o mar
Estranho doutor Pimenta, O
Face oculta, A
Fantasmas ⌗
Fantasmas da rua do Canto, Os ✎
Firme como boia ▼⌗○
Florestania ✎
Furo de reportagem ❑✪◎🕮⚐⌗
Futuro feito à mão
Goleiro Leleta, O ▲
Guerra das sabidas contra os atletas vagais, A ✎
Hipergame ᔕ🕮⌗
História de Lalo, A ⌘
Histórias do mundo que se foi ▲✎✪
Homem que não teimava, O ◎❑✪⚐○
Ilhados
Ingênuo? Nem tanto...
Jeitão da turma, O ✎○
Lelé da Cuca, detetive especial ☑✪
Lia e o sétimo ano ✎■
Liberdade virtual ✎
Lobo, lobão, lobisomem
Luana Carranca
Machado e Juca †▼●☞☑⌗
Mágica para cegos
Mariana e o lobo Mall 🕮⌗
Márika e o oitavo ano ■
Marília, mar e ilha 🗐✈✎
Mataram nosso zagueiro
Matéria de delicadeza ✎☞⌗
Melhores dias virão
Menino e o mar, O ✎
Miguel e o sexto ano ✎
Minha querida filhinha
Mistério de Ícaro, O ✪⚐
Mistério mora ao lado, O ▼✪
Mochila, A
Motorista que contava assustadoras histórias de amor, O ▼●🗐⌗
Muito além da imaginação
Na mesma sintonia ⌗■
Na trilha do mamute ■✎☞⌗
Não se esqueçam da rosa ♠⌗
Nos passos da dança
Oh, Coração!
Passado nas mãos de Sandra, O ▼◎⌗○
Perseguição
Porta a porta ■🗐❑◎✎⌘⌗
Porta do meu coração, A ◆⚐
Primavera pop! ✪🕮⚐
Primeiro amor
Que tal passar um ano num país estrangeiro?
Quero ser belo ☑
Redes solidárias ◎▲❑✎⚐⌗
Reportagem mortal
Riso da morte, O
romeu@julieta.com.br ❑🗐⌘⌗
Rua 46 †❑◎⌘⌗
Sabor de vitória 🗐⌗○
Saci à solta
Sardenta ☞🕮☑⌗
Savanas
Segredo de Estado ■☛
Sendo o que se é
Sete casos do detetive Xulé ■
Só entre nós – Abelardo e Heloísa 🗐■
Só não venha de calça branca
Sofia e outros contos ☺
Sol é testemunha, O
Sorveteria, A
Surpresas da vida
Táli ☺
Tanto faz
Tenemit, a flor de lótus
Tigre na caverna, O
Triângulo de fogo
Última flor de abril, A
Um anarquista no sótão
Um balão caindo perto de nós
Um dia de matar! ●
Um e-mail em vermelho
Um sopro de esperança
Um trem para outro (?) mundo ✖
Uma janela para o crime
Uma trama perfeita
Vampíria
Vera Lúcia, verdade e luz ❑◆◎⌗
Vida no escuro, A
Viva a poesia viva ●❑◎✎🕮⌗○
Viver melhor ❑◎⌗
Vô, cadê você?
Yakima, o menino-onça ♘ᔕ○
Zero a zero

★ Prêmio Altamente Recomendável da FNLIJ
☆ Prêmio Jabuti
✻ Prêmio "João-de-Barro" (MG)
▲ Prêmio Adolfo Aizen - UBE
✈ Premiado na Bienal Nestlé de Literatura Brasileira
☛ Premiado na França e na Espanha
☺ Finalista do Prêmio Jabuti
♘ Recomendado pela FNLIJ
✖ Fundo Municipal de Educação - Petrópolis/RJ
✪ Fundação Luís Eduardo Magalhães
● CONAE-SP
⌗ Salão Capixaba-ES
▼ Secretaria Municipal de Educação (RJ)
■ Departamento de Bibliotecas Infantojuvenis da Secretaria Municipal da Cultura de São Paulo
◆ Programa Uma Biblioteca em cada Município
❑ Programa Cantinho de Leitura (GO)
♠ Secretaria de Educação de MG/supletivo de Educação de Jovens e Adultos - Ensino Fundamental
☞ Acervo Básico da FNLIJ
✈ Selecionado pela FNLIJ para a Feira de Bolonha/96
✎ Programa Nacional do Livro Didático
🕮 Programa Bibliotecas Escolares (MG)
ᔕ Programa Nacional de Salas de Leitura
🗐 Programa Cantinho de Leitura (MG)
◎ Programa de Bibliotecas das Escol[as] Estaduais (GO)
† Programa Biblioteca do Ensino Médio (PR)
⌘ Secretaria Municipal de Educação de S[ão] Paulo
☒ Programa "Fome de Saber", da Faap (SP)
⚐ Secretaria de Educação e Cultura da Bahia
☒ Prefeitura de Santana do Parnaíba (SP)
○ Secretaria de Educação e Cultura de Vitó[ria]

– Arrumem esse quarto. Está a maior anarquia.
– Silêncio! Chega de anarquia!
A anarquia quase levou a empresa a fechar as portas.
R.: ______________________________

____

16. O que é sótão? Se não souber, consulte o dicionário.
R.: ______________________________

____

17. Depois de ler o livro e saber os sentidos das palavras **anarquista** e **sótão**, como você interpreta o título *Um anarquista no sótão*?
R.: ______________________________

____

____

____

____

Refletindo

18. Ao contar uma fábula, Donato gostava de enfatizar "que aquela era a *sua* interpretação [...] e que Tadeu o devia ouvir sempre com uma posição crítica." E completava: "Existem muitas verdades. Ninguém é dono dela".

a) Para a professora de Tadeu, o tema da fábula da galinha dos ovos de ouro era a ambição. Já Donato achava que era a impaciência. Com qual deles você concorda? Por quê?

b) Escolha outra das fábulas contadas por Donato e dê para ela uma interpretação diferente da do anarquista. Você pode relembrar uma fábula conhecida, compartilhar seu ponto de vista sobre ela com seus colegas e, por fim, comparar os diversos sentidos que uma mesma história adquire para as pessoas.

19. Além das lições que as fábulas de Donato trazem, Tadeu ouve do velho anarquista muitos conselhos, como:

13. A fábula é o principal recurso usado por Donato para se manifestar sobre fatos e para ajudar as pessoas a terem uma percepção mais ampla da vida. Características comuns podem ser observadas nas fábulas que ele conta. Assinale-as:

( ) Relato breve

( ) Presença de animais falantes

( ) Cenário e tempo em que se passa a ação bem definidos

( ) Humor

( ) Desfecho previsível

( ) Linguagem simbólica

14. Releia esse trecho do livro:

"Para Tadeu, a pensão de sua avó era como um ser vivo, uma pessoa. O sótão era a cabeça, e o porão, os pés. Um sábio de tamancos.
Entre as duas extremidades, um corpo cheio de vida, com dezenas de inquilinos-órgãos, inquilinos-células, inquilinos-tumores, que tentavam sobreviver em seus espaços limitados. Um corpo controlado por um cérebro-Teresa."

Como você interpreta essa imagem da pensão?

R.: ____

____

____

____

____

____

____

Linguagem

15. A palavra ***anarquista*** define um dos protagonistas da história.

a) Qual é o significado original dessa palavra?

R.: ____

____

b) Com o passar do tempo, **anarquia** adquiriu um sentido que não tem a ver com política. O que significa **anarquia** nas frases abaixo:

( ) críticas dos pais sobre seu comportamento
( ) ser astro do *rock*
( ) ter carteira de motorista
( ) deixar os empregos
( ) fazer a revolução
( ) casar com uma milionária
( ) desistir de tocar guitarra

11. Uma das últimas fábulas que Donato conta é a da cigarra e da formiga, apresentada para ilustrar seu relacionamento com Teresa ao longo da vida. Mas nesse caso, história e realidade têm desfechos diferentes.

a) O que acontece ao final da fábula?

R.: ______________________________

____

____

b) O que acontece com Teresa e Donato?

R.: ______________________________

____

____

____

12. A morte é o acontecimento que aproxima Tadeu e Donato e que também os separa ao final do livro.

a) Quem morre nessas ocasiões?

R.: ______________________________

b) Tadeu reage de forma diferente nos dois casos. Isso se deve apenas ao fato de dez anos separarem um acontecimento do outro?

R.: ______________________________

____

____

c) Que gesto Tadeu se recusa a fazer na morte do avô, mas não no enterro de Donato?

R.: ______________________________

d) O que representa essa atitude?

R.: ______________________________

____

"Pense, analise, critique. Nunca aceite nada sem duvidar antes."
"Se a gente aproveitar cada período pra se tornar mais sábio, então se aprende cada vez um pouco mais, e a vida fica uma coisa muito interessante e surpreendente."
"O que importa não é fazer o que os outros dizem, mas o que a gente acha que é certo."
O que você acha desses pensamentos? Concorda com eles? Use argumentos e mesmo exemplos da vida real para defender a "sua" verdade.

Pesquisando

20. Ao acompanhar a história de Tadeu, o leitor entra em contato com o cotidiano dos lares brasileiros nas décadas de 1960 e 1970: as relações entre pais e filhos, o papel e os valores da família, a influência da televisão com seus programas musicais, novelas e séries importadas, as repercussões da política nacional e internacional etc. Que tal pesquisar sobre essa época tão marcante para a nossa sociedade? Busque na internet, em livros e revistas algumas informações sobre esse período, converse com seus familiares a respeito e depois compare as informações obtidas com aquelas recolhidas por seus colegas. Aproveite para discutir com eles as semelhanças e diferenças entre a atualidade e o tempo retratado no livro.

21. O livro faz referências a várias figuras históricas e personalidades da cultura que marcaram o cenário nacional e internacional durante o período focalizado, entre elas, Che Guevara, Salazar, Costa e Silva, Leila Diniz etc. Busque informações sobre a atuação dessas figuras e os motivos que as tornaram verdadeiros ícones de seu tempo e/ou para as gerações seguintes.

■ Redigindo

22. Ao final do livro, Tadeu resolve "pensar num trabalho em que eu esteja sempre junto aos livros" e vai estudar Letras. Imagine que ele se tornou escritor e redija um relato de experiência vivida em 1ª pessoa, como se fosse Tadeu, contando tudo o que lhe aconteceu desde a morte de Donato. Depois compartilhe sua redação com seus colegas.